HOLGER GEYER

SCHLAF GUT

KÖLN KRIMI

Emons Verlag

Umschlagzeichnung: Heribert Stragholz
Druck und Bindung: Clausen & Bosse GmbH, Leck
Printed in Germany 2005
ISBN 3-89705-364-0

www.emons-verlag.de

Für Annett

INHALT

TAG DES KOMMISSARS

»Ich will wissen, was man fühlt, wenn man tötet.«

Ludwig Glöckner hielt den parfümierten Zettel ins Neonlicht und wartete auf einen Zusammenbruch, ein dramatisches Ausflippen, voll von Selbsthass, Bitterkeit und Ekel. Er versuchte sich abzulenken, sich ganz auf seinen Körper zu konzentrieren. Und tatsächlich fühlte er einen Moment lang nichts als seine krampfenden Schultern und die Magerkeit seiner Beine.

Auf dem Umschlag, in dem der Zettel gesteckt hatte, fanden sich weder Poststempel noch Briefmarke noch Anschrift. Nur sein Name in nach links gekippten Kinderbuchstaben. Obwohl er wusste, dass es sinnlos war, wählte er noch einmal die Nummer der Poststelle.

»Ich habe Sie das schon gefragt, ich weiß, aber ich muss *un*bedingt wissen, wie der Umschlag ins Haus gelangt ist.«

»Tut mir Leid, Herr Hauptkommissar.«

Glöckner schloss die Augen und stellte sich erst einen harpunierten Wal, dann das gebrochene Bein einer Ballerina vor, bloß um nicht an das denken zu müssen, was der Zettel verhieß.

»Ich will wissen, was man fühlt, wenn man tötet.« Wer schickte ihm eine solche Nachricht? Er hatte – das sagte ihm lange, schmerzvolle Erfahrung – so gut wie keine Chance. Er würde warten müssen, bis es geschah. Er würde warten müssen, bis er zu einem Toten gerufen wurde.

Wieder und wieder las er die neun Worte, und mit jedem Lesen schwoll die Ohnmacht an, mit jedem Lesen fühlte er sich ein Stück mehr entmündigt. Erst als die Buchstaben vor seinen Augen verschwammen, ordnete er an, den Zettel und den Umschlag ins Labor zu bringen.

»Das Ergebnis – wann wollen Sie es haben?«

»Nach meinem Termin im Gymnasium.«

»Was heißt das in Zahlen?«

»Sechzehn Uhr achtunddreißig.«

»Absolut unmöglich. Das müssten Sie wissen.«

Er starrte durch das geriffelte Glas der Bürotür hinaus auf den Gang, hielt Ausschau nach den Silhouetten von Singer, Bormann und Terjung. Bald würden sie sich wieder zu einer Mordkommission vereinen und das jämmerliche Gehalt rechtfertigen, das man ihnen allmonatlich zahlte.

Judith rief an und wollte, wie sie sagte, nichts Bestimmtes. Glöckner ahnte, was sie zu dieser Art von Anruf trieb, nämlich die Sorge oder Erkenntnis, gestern Abend ein bisschen zu weit gegangen zu sein.

»Was machst du gerade?«, erkundigte sie sich, ihre Stimme ein samtweicher Teppich.

»Nichts Besonderes«, sagte Glöckner. »Sitze hier rum.«

»Sitzt da rum und ...?«

»Schwitze in mein Chop Suey.«

»Wann kommst du?«

»Nicht so spät, denke ich.«

*

Die Nachmittagssonne stach mit großer Selbstüberzeugung durch die streifenfreien Fenster der Turnhalle, während ihm gut zwei Dutzend Gymnasiasten routiniert zusetzten. Er musste sich Witze über seinen Anzug gefallen lassen, über seine Schuhe. Er musste erfahren, wie sich Kaugummis anhören, wenn sie zu faustgroßen Blasen anschwellen und dann zerplatzen. Er musste hören, wie er unverhohlen alter Sack und Penner und Langweiler genannt wurde. Er musste einem Lehrer beim Schlafen und einem Teenager-Pärchen beim Knutschen zusehen, während er ohne jede Hoffnung auf Erfolg versuchte, ein wenig von dem Grauen zu vermitteln, das er jedes Mal empfand, wenn er sich dem Fundort einer Leiche näherte. Das, so hatte er gehofft, würde für ein gewisses Aufsehen sorgen, musste man von einem Profi wie ihm doch beständige Eiseskälte erwarten.

Er fing sich immerhin und ging zum Gegenangriff über. »Das Gymnasium Kreuzgasse«, intonierte er und verlieh seiner Stimme ein dunkleres Timbre, »hat mir im Vorfeld dieser Veranstaltung mitteilen lassen, dass es sich beim ›Tag des Kommissars‹ um eine in seiner Form nicht näher festgelegte Informationsstunde handelt. Jetzt, da die von mir gewählte Form als unglücklich, realitätsfern oder antiquiert bezeichnet werden kann, sollten vielleicht *Sie* ein paar Vorschläge zur Gestaltung dieses hoffentlich noch nicht ganz verlorenen Nachmittags machen. Fangen Sie doch an, ja, genau Sie, die Sie gerade die Zunge aus dem Mund Ihres Nachbarn genommen haben!«

Trotz dieses Punktsieges spürte er beim Verlassen des Schulgeländes die Erniedrigung als stechenden Schmerz direkt hinter den Augen. Er wusste längst, dass er beruflich weder etwas Aufregendes noch Geheimnisvolles tat; für diese Einsicht hatte es den heutigen Nachmittag gewiss nicht gebraucht. Sollte er seine Berufswahl überdenken, tränensäckig und schmerbäuchig, wie er war?

Am Schultor beschleunigte er seinen Schritt. Sein Wagen stand ungefähr hundert Meter jenseits der Kreuzung, wo sich Vogelsanger und Innere Kanalstraße trafen. Eine junge Frau kam ihm entgegen. Sie trug dunklen Lippenstift und ein helles Wollkostüm. Der Wind wehte ihm einen Schwall ihres Weibchen-Geruchs ins Gesicht. Der Blick der Frau war voller Mitleid, und Glöckner verspürte eine Übelkeit, wie sie nur das Gefühl, von Fremden bedauert zu werden, hervorrief. Er versuchte, gegen diese Übelkeit anzukämpfen, indem er sich Judith vorstellte, wie sie, hingestreckt auf dem braunledernen Sofa im Wohnzimmer, irgendein Boulevard-Magazin an sich vorüberflimmern ließ und dabei eine kleine Trostrede improvisierte. »Nein, Schatz«, könnte sie beispielsweise sagen, »du bist kein Versager, bloß weil dir ein paar verpickelte, Zahnspangen tragende Teenager keinen Respekt entgegengebracht haben. Wo kämen wir hin, wenn wir diese verzogenen Bälger ernst nehmen würden? Und jetzt geh aus dem Bild, ich will den Beitrag über diese armenischen Implantate sehen!«

Er bestieg seinen Wagen mit dem Gefühl, allmählich seine innere Balance zu verlieren. Und er dachte: Was ist schon das Grauen an einem Leichenfundort gegen das Grauen an einem Gymnasium? Er ließ den Motor seines 95er Passat an und fuhr in Richtung Innenstadt davon. Der Verkehr sog ihn auf, und so entkam er diesem nachmittäglichen Bestiarium.

*

Zunächst hatte es den Anschein, als käme er mit einem blauen Auge davon, als wäre ein leichter Druck hinter der Stirn die einzige Strafe für die Sünden der vergangenen Nacht. Zu wenig Schlaf, zu viel Alkohol. Und wahrscheinlich auch zu viel Bewegung für einen Mann von Anfang sechzig. Warum hatte er sich nicht einfach auf den Rücken gelegt und genossen, wie die Frau über ihm die Hocke einnahm und das Geschäft für sie beide erledigte? Er wusste es: Bewegungslosigkeit steigerte die Angst vor dem Tod ins Unermessliche.

Als er das Rollo seines Bürofensters nach oben schnappen ließ, versuchte er sich zu erinnern, ob er in dieser Nacht gekommen war oder sich mit einer Reihe lauwarmer Stöße begnügt hatte. Noch einmal hörte er die schmatzenden Geräusche des Geschlechtsaktes – und jetzt, mit ungewohnter Verzögerung, rächten sich seine Sünden doch. Schwindel. Stechende Schmerzen, besonders im Hinterkopf. Brennender, pulsierender Mageninhalt. Halt suchend an allem, was sich bot, schaffte er es in den Drehsessel hinter seinem Schreibtisch. Er atmete unruhig, nah am Hyperventilieren.

Das Telefon klingelte; seine Sekretärin hatte den Stellvertreter des Intendanten in der Leitung.

»Ich stehe im Stau«, stöhnte er. »In der Unterführung bei Peeck & Cloppenburg. Also hat mein Handy kein Netz, blabla. Aber ich werde zurückrufen, blabla, sobald ich in der Redaktion bin. Ach ja, und schöne Grüße, ich hab's mit seiner Tochter getrieben.«

»Mit der älteren?«

»Welche ist sein Liebling?«

An dieser Stelle entstand eine kurze, betrübliche Pause.

»Was, wenn dich heute schon jemand gesehen hat?«

»Ich bin seit sechs Uhr in meinem Büro, meine liebe Christine, und habe es seitdem nicht verlassen.«

»Er weiß«, sagte die Sekretärin mit schlingernder Stimme, »dass du da bist. Ich hab's ihm gesagt.«

»Das war« – er suchte provozierend lange nach den richtigen Worten – »keine gute Leistung. Stell ihn durch!«

Hans-Peter Meinhardt, Redaktionsleiter und Moderator von »Reisefieber«, einem WDR-Wochenmagazin mit stattlicher Quote, wusste, was seine Mitarbeiter von ihm hielten und sich über ihn erzählten. Dass es unmöglich war, ihm mit fröhlicher Distanz zu begegnen, beispielsweise. Oder dass ihr Zorn und ihre Empörung der Treibstoff waren, der seinen Motor am Laufen hielt. Aber dabei, so war er sicher, übersahen sie stets eine Kleinigkeit. Wenn sie sich auch nur einmal die Mühe gemacht hätten, zum Wesen seiner gewiss nicht immer angenehmen Art vorzudringen, dann hätten sie bemerkt, dass er alles war, aber kein Menschenfeind. Im Mittelpunkt seiner Bemühungen stand nicht das Zerstören von menschlichem Selbstwertgefühl, wie ihm immer wieder unterstellt wurde, sondern das Hochhalten alter Werte und Ansprüche. Wenn er den Regisseur der Sendung unter Verwendung durchaus verletzender Vokabeln inmitten der Produktion aus dem Studio warf, dann bestimmt nicht wegen persönlicher Animositäten. Dieser Mann musste gehen, weil er ein Stümper war, wie er sich früher einem Funkhaus nicht einmal hätte nähern dürfen. Weshalb, beklagte sich Meinhardt stumm, war das niemandem zu vermitteln?

Nun, vielleicht war dieses Nicht-geliebt-Werden auch einfach der Preis, den man zahlen musste, wollte man ein bestimmtes Maß an Autorität besitzen. Und wenn er etwas besaß, dann Präsenz und Autorität. Letztere stützte sich auf eine Unzahl von Anekdoten, und Meinhardt hütete sich davor, sich zu ihrem Wahrheitsgehalt zu äußern. Er verschloss Augen und Ohren und ließ zu, wie diese Anekdoten – unzensiert und mit jedem neuen Erzählen auch ein wenig modifiziert – in der Kantine und auf dem Redaktionsflur weitergegeben wurden. Außerdem, wen interessierte letztlich, ob er damals im aktuellen Dienst tatsächlich einmal achtundvierzig Stunden am Stück moderiert hatte, und das ohne einen einzigen Versprecher. Oder ob er für das Landesstudio Düsseldorf mit einem gebrochenen Bein und einer Körpertemperatur von knapp über vierzig Grad so überzeugend durch eine Sendung geführt hatte, dass die fachkompetente Jury des frisch eingeführten *German Journalism Award* nicht umhin gekommen war, ihn zum Journalisten des Jahres 1983 zu wählen. Oder ob er in Aachen während eines schweren Herbstgewitters einmal eigenhändig einen Sendemast repariert hatte.

*

Manchmal wünschte sich Gabriele Meinhardt einen Buchmacher, der Wetten wie diese entgegennahm: Eintausend Euro darauf, dass mein Gatte im folgenden Telefongespräch je einmal die Worte »Langweiler«, »kleine Schlampe« und »Aufstand« verwenden wird. Und weitere tausend Euro darauf, dass sein erster Satz »Gott, war das tatsächlich heute!« lautet.

Sie machte sich längst keine Illusionen mehr. Als ihr Mann vor ein paar Jahren von ihrer Ehe abgedockt hatte, hatte sie versäumt, das Gleiche zu tun. Sie allein trug die Schuld daran, dass sie weitgehend isoliert lebte und immer verdrießlicher wurde.

»Ich bin's. Denkst du an das Essen bei den Niederbecks?«

»Gott, war das tatsächlich heute!« Meinhardt klang enerviert, kaum bereit, sich für ein Abendessen, wie es die Niederbecks traditionell ausrichteten, zu erwärmen. »Muss das wirklich sein? Lass uns doch –«

»Wir haben zugesagt«, unterbrach sie ihn.

»Du trägst die Verantwortung, wenn ich am Tisch einschlafe. Ich halte diese Langweiler nicht aus.«

Gabriele Meinhardt schluckte, und für einen kurzen Moment verschlossen sich ihre Ohren wie beim Hineinrasen in einen Eisenbahntunnel.

»Ich weiß haargenau, wie der Abend aussehen wird«, seufzte Meinhardt; seine Stimme triefte vor Selbstmitleid. »Ich kann dir sogar auf die Minute sagen, wann sie anfangen werden, sich über die Qualität der Schule zu beklagen, in die ihre Tochter geht. Sollen sie doch einfach ein paar Euro mehr ausgeben und die kleine Schlampe auf ein vernünftiges Internat schicken.«

»Was hast du gerade gesagt?«, erkundigte sich Gabriele Meinhardt, jede Silbe betonend.

»Dass die Niederbecks geizige Spießer sind?«

»Nein, davor.«

»Keine Ahnung. Was?«

»Dass ich die Verantwortung trage« – sie stockte, zwang sich zum Weiterreden – »wenn du am Tisch einschläfst.«

»Und? Was regt dich daran so auf?«

Sie schwieg, rang um Fassung.

»Bist du noch dran?«

»Ich bin nicht dafür verantwortlich, dass du in der letzten Nacht zu wenig Schlaf hattest!«, platzte es jetzt aus ihr heraus. »Ich bin weder für dein manisches Rumvögeln noch für deine nachlassende Kondition verantwortlich!« Erschrocken über sich selbst legte sie den Hörer beiseite. Sekunden später nahm sie ihn mit zitternder Hand wieder auf. Sie hörte ihren Mann atmen.

»Wir hatten einen Deal«, sagte er. »Schon vergessen?«

»Du hattest vielleicht einen Deal.« Sie ging mit dem Telefon zur Vitrine, entnahm dieser einhändig ein Likörglas und eine angebrochene Flasche Baileys, dann klemmte sie den Hörer zwischen Schulter und Wange und ließ die schlammfarbene Flüssigkeit in das Glas kriechen. Sie liebte die Konsistenz von Baileys.

ZEIT-SPAGHETTI

»Ich will wissen, was man fühlt, wenn man tötet.«

Der Anruf im Labor war die pure Zeitverschwendung. Wer immer Glöckner die Botschaft geschickt hatte, die ihn in einem Zustand dauernder Anspannung hielt, war Linkshänder oder gab vor, Linkshänder zu sein. Bei dem Parfüm, mit dem der Zettel besprenkelt worden war, handelte es sich um das Eau de Toilette von HUGO, ein Duft, wie er verbreiteter kaum sein konnte. Weitere verwertbare Spuren gab es nicht. Es war frustrierend, und so betrat Ludwig Glöckner am frühen Abend den Flur zu seiner Wohnung in der Lütticher Straße in bestenfalls leidlicher Stimmung. Immer wenn er in dieser Verfassung nach Hause kam, bot ihm Judith an, Zeit-Spaghetti zu kochen. Während sie die verführerischen Worte aussprach, war sie üblicherweise schon der Dusche entstiegen und hatte sich in einen nachtblauen Frottébademantel gehüllt. Ihr frisch gewaschenes Haar war dann auf diese freizeitsportliche Art nach hinten gekämmt, ihre Gesichtshaut war dank eines hochmodernen Peeling-Gels von Unreinheiten und Schüppchen befreit, sodass sie ihren heimkehrenden Mann entspannt umarmen und sagen konnte: »Ich koche uns einen Topf Zeit-Spaghetti. Danach wirst du dich besser fühlen, Liebling.«

Keine zwanzig Minuten später saß Glöckner vor seinem dampfenden Teller. Judith, die jung gebliebene Schönheit, hatte sich entschieden, die Spaghetti mit einer Soße aus Käse, Pilzen und Kräutern zu ergänzen. Glöckner begann, mit mäßigem Appetit zu essen.

»Was hast du heute so getrieben?«, erkundigte er sich und goss sich ein Glas Milch ein.

»Ich war im Büro«, antwortete Judith mit größtmöglicher Beiläufigkeit. »Ich arbeite fünf Tage die Woche für Brossig & Hornfeld, erinnerst du dich?«

»Du bist dort schwer zu erreichen.« Der Satz war noch

nicht ausgesprochen, da hätte er ihn am liebsten zurückgenommen. Erst gestern nämlich waren sie nach einem ähnlichen Vorwurf aneinander geraten, auf eine Art, die sie beide entwürdigte. Am Ende hatte Judith melodramatisch das Haus verlassen und war erst weit nach Mitternacht zurückgekehrt, rechtschaffen betrunken, umweht von einer eisigen Kälte.

»Nicht wieder den Polizisten spielen, bitte!«

Er nickte schuldbewusst und fragte, um das Thema zu wechseln: »Wieso heißen diese Spaghetti Zeit-Spaghetti? Ist das nicht ein ziemlich merkwürdiger Name?«

»Nicht merkwürdiger als andere.« Gewandt hielt sie ihm die leere Spaghetti-Packung unter die Nase. Auf der Rückseite fand sich folgende Bekanntmachung: *»Zeit-Spaghetti sind aus allerfeinstem Hartweizengrieß hergestellt. Für ihre besondere Qualität verbürgen sich die Gebrüder Zeit mit ihrem gutem Namen.«*

Glöckner stöhnte und goss sich ein weiteres Glas Milch ein. »Ich wünschte –«

Das Klingeln des Telefons unterbrach ihn. Er spürte die Schicksalhaftigkeit dieses Anrufs wie ein Karzinom, das sich zum ersten Mal schmerzhaft pochend bemerkbar macht. »Gehst du bitte ran!«, bat er.

Judith bedeutete ihm, dass sie den Mund voll hatte.

Er nahm ab, und noch bevor er seinen Namen ganz ausgesprochen hatte, legte der Anrufer wieder auf. Als er Platz nahm und seine schweigende Ehefrau fixierte, hallten Schüsse in seinem Kopf wider. Zwei, drei, vier insgesamt.

*

Ein Kroate hat einen Kroaten erschossen. Aus Eifersucht. Die Schüsse waren am helllichten Tag an den Bahngleisen hinter dem Mediapark abgegeben worden. Für die Leute vom Fernsehen stellte sich nun die Frage, wie viel der ausgebluteten Leiche in den Nachrichten gezeigt werden durfte. Über die Fakten hingegen musste nicht nachgedacht werden; die waren eindeutig. Das Motiv war von kristallfunkelnder Klarheit, und die Tat selbst war schnörkellos und unübersehbar. Der Rest würde die Arbeit von Staatsanwälten, Richtern und Vollzugsbeamten sein.

Christine Konrad hatte aus Langeweile die Agenturmeldungen in ihrem Computer gelesen, war dabei auf diese grauenvolle Geschichte gestoßen und hatte ihren Chef, als dieser aus seiner Mittagspause gekommen war, eilig davon unterrichtet.

»Da sind wir mal wieder froh«, sagte Meinhardt, »dass wir nicht in der Nachrichten-Redaktion arbeiten und uns mit so was nicht rumschlagen müssen, nicht wahr, meine liebe Christine?« Er schenkte ihr ein knappes Lächeln.

»Ich kann das nicht verstehen«, seufzte die Sekretärin. »Wie kann man jemandem vier Mal in den Kopf schießen? Vier Mal! Wenn *ein* Schuss eine Hinrichtung ist, was sind dann *vier* Schüsse?«

»Der Mann war Kroate, richtig? Vielleicht zählt auf dem Balkan eine Tat erst dann, wenn sie mit einem gewissen Nachdruck ausgeführt wird. Und jetzt sei so nett und schick Frau Brüning zu mir.«

Keine Minute später stand Iris Brüning, die Redakteurin vom Dienst, vor seinem Schreibtisch. Jeder Muskel ihres Körpers schien angespannt zu sein.

»Einem Praktikanten würde ich diesen Dreck eventuell noch durchgehen lassen«, sagte Meinhardt und wies auf die aktuellen Moderationsvorschläge der Filmautoren. »Tun Sie mir einen Gefallen und sagen Sie mir, wie man diese Texte nicht als persönlichen Affront werten soll. Jedes einzelne Wort ist eine Kriegserklärung!« Er erhob sich aus seinem Drehsessel und ging, das Gesicht zu einer gequälten Grimasse verzogen, zum Fenster. Er starrte ins Freie, den Blick auf den Dom gerichtet, und ereiferte sich weiter, als würde er draußen von einem gewaltigen Teleprompter ablesen. »Ich habe keine Ahnung, wo Sie diese Leute rekrutieren, aber ich rate Ihnen, sich zukünftig an anderen Orten umzusehen. Vielleicht beginnen Sie Ihre Suche dort, wo sich *gute* Autoren aufhalten.«

»Sie sind nicht fair«, sagte Iris Brüning mit dünner Stimme. Die Furcht vor Meinhardts Jähzorn hatte sich in der Vergangenheit so manifestiert, dass die schüchtern-defensive Körperhaltung der jungen Redakteurin beinahe natürlich wirkte. »Ich weiß, dass nicht alles preisverdächtig ist, was auf Ihrem Tisch landet, aber –«

»Hören Sie doch auf! Sie wollen mir doch nicht erzählen, dass –« Meinhardts Handy klingelte, wie um die Angriffswelle zu brechen, die die junge Frau zu überrollen drohte. Der TV-Diktator, wie ihn der Produktionsleiter einmal genannt hatte, nahm ab und spuckte seinen Namen in das winzige Telefon. Doch plötzlich wich die Verbitterung aus seinen Zügen. »Du weißt doch, dass du hier nicht anrufen sollst …« – Schritte hallten auf dem Flur wider, jemand putzte sich geräuschvoll die Nase, Iris Brüning verlagerte verschämt ihr Gewicht vom linken auf das rechte Bein – »ich kann es versuchen … Hängt davon ab, wie gut die Produktion der Sendung läuft … Allerspätestens, das schwöre ich dir …« Er ließ sich wieder in seinen Sessel sinken und zog sich mit demonstrativ angeekelter Miene die zu überarbeitenden Moderationsvorschläge vor die Brust. Auf dem obersten Blatt waren verschwommene, angedunkelte Bereiche zu sehen, als hätte jemand seine schmutzigen Hände daran abgewischt.

»*Wer* besitzt die Frechheit, mir so was auf den Tisch zu legen?«

»Keine Ahnung.« Iris Brüning atmete kurz und flach. »Worum dreht sich der Text?«

»Um – ich zitiere – ›eine Taxifahrt durch einen Albtraum‹.«

»Das dürfte die Belfast-Story sein. Wussten Sie, dass das Hotel Europa an der Great Victoria Street im letzten Vierteljahrhundert dreißigmal das Ziel von Terroranschlägen war? Es gilt als das meist bombardierte Hotel der Welt.«

»Sie versuchen nicht etwa, meiner Frage auszuweichen?« Meinhardt flüsterte jetzt, gespenstisch, diabolisch. *Der Terror, dem das Hotel Europa ausgesetzt war*, so versicherte dieses Flüstern, *ist eine Pflegespülung gegen den Terror, den ich ausüben werde, sollte meine Frage nicht beantwortet werden.* »Ich will wissen, von wem die Belfast-Story ist!«

Sie wusste, dass er es wusste. Keine Story wurde ohne seine Zustimmung vergeben, schon gar keine an einen freien Mitarbeiter wie Christoph Dreyer. »Dreyer.«

»In Ordnung. Seien Sie so lieb und teilen unserem Nordirland-Experten Dreyer mit, dass er seine herausragenden journalistischen Fähigkeiten zukünftig in den Dienst der IRA, oder wen er in der Region da oben sonst favorisiert, stellen kann.«

»Sie wollen ihn rausschmeißen?« Iris Brüning wankte. »Wegen ein paar Flecken auf einem Blatt Papier?«

»Seien Sie versichert, liebe Frau Brüning, dass die Flecken nicht der Grund dafür sind. Und jetzt wäre ich Ihnen dankbar, wenn Sie mich meine Arbeit machen ließen.«

Auf dem Weg zu Dreyer, der sich auf dem Flur hinter einem Monitor verschanzt hatte, fühlte Iris Brüning gar nichts. Was eben geschehen war, hatte selbst für »Reisefieber«-Verhältnisse etwas Unbegreifliches – und somit Abstraktes. Es war, als hätte Meinhardts Auftritt bei ihr einen Schutzmechanismus ausgelöst. Ohne den Blick zu heben, ging sie auf den ahnungslosen Dreyer zu, vorbei an Hydropflanzen, die imitierter aussahen als ihre Entsprechungen aus Kunststoff, vorbei an einem halben Dutzend Bürotüren, die sämtlichst mit »Reisefieber«-Aufklebern verziert waren. An jeder Tür, an jedem Aufzug, an jedem Getränke-Automaten klebten sie, diese verkitschten Aufkleber. Es mussten Hunderte sein.

*

Wenn jemand unbedingt wissen wollte, was man beim Töten eines Menschen fühlte, weshalb schlüpfte er dann nicht in eine Uniform und zog in irgendeinen Krieg? Weit weg. Der Gedanke hatte – dies war Ludwig Glöckner durchaus bewusst – etwas sehr Zynisches. Aber dennoch: Wieso musste es ausgerechnet Köln sein, sein Revier, wo es doch fünf Kontinente mit so unendlich vielen Möglichkeiten gab.

Das Schlimmste war zweifellos das Warten. In so vielen Dingen war er trainiert, aber nicht im Warten. Er hatte das Gefühl, dass das Warten seinen Körper mit einem undurchdringlichen schuppigen Belag überzog. Dabei gehörte das Warten auf das Ergebnis einer ballistischen Analyse oder auf ein überfälliges Geständnis noch zu den angenehmen Varianten. Das Warten darauf, dass ein Mord geschah, hingegen war qualvoll, unerträglich, barbarisch.

Doch nach drei Tagen hatte es ein Ende.

*

Obwohl es seinen auf Bescheidenheit und Sparsamkeit beruhenden Prinzipien zuwiderlief, ließ er seinen Passat stehen und rief sich ein Taxi. Er hätte nicht genau sagen können, warum er das tat. Vielleicht nur, weil er sich erneut über Judiths Angriffslust geärgert hatte und mit einer unnötigen Ausgabe seinen Protest zum Ausdruck bringen wollte.

Um den Blickkontakt, den der Fahrer im Rückspiegel suchte, zu vermeiden, rutschte er tief in die Polsterung seines Sitzes. Sie bogen in die Richard-Wagner-Straße ein und fuhren Richtung Neumarkt. Glöckner ließ das Seitenfenster ein wenig herunter und sann darüber nach, wieso Köln aus einem Taxi heraus so viel weltstädtischer und exklusiver wirkte. Vielleicht war das die richtige Art, seine Stadt zu betrachten, dachte er, vom Rücksitz eines Taxis aus, nur wenige Zentimeter über dem Boden hindurchschaukelnd, den Hintern in weichen, ledernen Polstern.

Kurz darauf, als er vor dem Eingang der WDR-Arkaden stand und seinen Blick erst an der stahlgläsernen Front nach oben wandern ließ, dann auf sein mehrfaches Spiegelbild starrte, das die verwinkelten Scheiben des Eingangs zurückwarfen, wusste er, dass er ein Leben lang nichts anderes sein würde als Kriminalbeamter. Es war, als würde die Stadt sie in diesem Moment zum zweiten Mal ausfurzen, seine Polizei-Identität.

Der Weg ins Studio, in dem Hans-Peter Meinhardt von zwei Mitarbeitern der Firma Weitsicht, einem der führenden Ausrüster in Sachen Messtechnik für Funk und Fernsehen, gefunden worden war, glich ein wenig seinem Gang zum Altar. Sechzehn Jahre lag dieser Gang nunmehr zurück. Die Leute, die damals das Spalier gebildet hatten, waren ebenfalls gesichtslos gewesen, waren nur als Stimmen existent, die sich tuschelnd zu einem Sprachbrei verbanden, zu einem Vokabelteppich, den man beschritt wie tiefen, nassen Rasen. Ganz offenbar existierte ein statistisch messbarer Zusammenhang zwischen Ereignissen von besonderem Gewicht und der menschlichen Neigung, unverständlich zu flüstern.

Jochen Fiedler vom Erkennungsdienst empfing ihn direkt am Studioeingang. »So was dürftest selbst du noch nicht gesehen haben.« In seinem knittrigen weißen Overall erinnerte er mehr denn je an ein winterliches Eichhörnchen.

»Wieso seid ihr eigentlich immer vor uns da?«, fragte Glöckner und hielt Ausschau nach Singer, Bormann und Terjung. »Manchmal glaube ich, ihr habt Filialen über die ganze Stadt verteilt. Die Kosten dafür würden übrigens mein klägliches Gehalt erklären.« Obwohl er sich seit jeher darüber wunderte, dass die Spurensicherung in fünfundneunzig Prozent aller Fälle vor ihm oder seinen Kollegen am Tatort eintraf, war ihm der Grund dafür aus tiefstem Herzen gleichgültig. Das Gespräch mit Fiedler diente ausschließlich der Zerstreuung, denn noch immer verursachte ihm der Anblick einer Leiche schwammige Übelkeit.

Fiedler kicherte. »Der alte Komiker, was?«

Ein Komiker. War er das? Judith jedenfalls bescheinigte ihm in kürzer werdenden Abständen das Gegenteil. »Du bist allerdings entschuldigt, Schatz«, pflegte sie nach einer Salve kaum verhüllter Vorwürfe zu sagen. »In einem Beruf wie deinem muss einem der Humor verloren gehen. Wie sollte man ihn sich auch bewahren, wenn man von früh bis spät mit diesem Abschaum zu tun hat, wenn man Typen verhört, die allen Ernstes behaupten, die Frau habe sich selbst vergewaltigt oder der gut aussehende, wohlhabende, glücklich verheiratete Musikprofessor habe zuerst geschossen?«

Auch wenn Glöckner es in Gegenwart seiner Frau nicht zugab und niemals zugeben würde, ganz falsch lag sie mit ihrer Einschätzung nicht. Er hatte seinen Humor verloren – woran seine Polizeiarbeit gewiss nicht ganz unschuldig war –, und inzwischen, so glaubte er manchmal, übte er seinen Beruf nur noch aus, um sich von dem abzulenken, was dieser Beruf aus ihm gemacht hatte.

Er drückte die Tür auf; sein Puls verdoppelte die Schläge, auf seiner Stirn bildete sich ein Schweißfilm. Das Studio war beleuchtet wie ein Operationssaal. Glöckner sah alles auf einmal: die riesigen Scheinwerfer, den vernarbten Spannteppich, die blauen Stoffbahnen an den Wänden, die beiden Kameras und die vertraute »Reisefieber«-Kulisse. Und er sah inmitten dieser Kulisse Hans-Peter Meinhardt. Sein Anblick hatte beinahe etwas Tröstliches, denn er saß kerzengerade in seinem Sessel, jovial grinsend, in der Hand seinen Moderationstext, als wollte er die Zuschauer an den Bildschirmen in wenigen Sekunden zu einer neuen Ausgabe von »Reisefieber« begrüßen.

Doch je länger Glöckner hinsah, desto sichtbarer wurde sie, die Aureole des Todes. Aber sie war es nicht, die ihn stutzen ließ, so wenig wie es der Widerspruch zwischen Meinhardts fabelhaftem Aussehen und seinem unerfreulichen Zustand war.

Glöckner machte etwas anderes nervös, etwas, das er nicht sah, aber eindeutig fühlte. Zunächst jedoch drang Terjungs Stimme in sein Bewusstsein.

»Keine sichtbaren äußeren Verletzungen.«

»Ist schon jemand von der Kriminalmedizin da?« Kriminalmedizin. Glöckner mochte dieses Wort und setzte es bewusst Begriffen wie Rechts- oder Gerichtsmedizin entgegen. Er mochte dieses Wort, weil es so klar zum Ausdruck brachte, wem diese Medizin in erster Linie diente, nämlich ihm, dem *Kriminal*hauptkommissar.

»Noch nicht.«

Glöckner sah sich nach den beiden Weitsicht-Mitarbeitern um und machte sie direkt neben der Tür aus. »Die haben ihn gefunden?«

Terjung nickte. »Waren wenig hilfreich.«

»Was sagen Portier und Wachdienst?«

»Bormann spricht gerade mit ihnen.«

Wie unter Zwang bewegte sich Glöckner jetzt auf Meinhardt zu. Er zog sich einen Plastikhandschuh über, holte sich von Fiedler mimisch das Einverständnis, den Toten berühren zu dürfen, dann nahm er vorsichtig das blassgelbe DIN-A4-Blatt aus Meinhardts steifen Händen. Er wollte gerade zu lesen beginnen, als der Oberkörper des Fernsehmannes nach vorn kippte und mit unnatürlicher Wucht auf dem Tisch vor ihm aufschlug. Das dumpfe Geräusch ließ die Anwesenden verstummen, machte sie zu einer Herde aus gaffenden Statisten.

Behutsam trat Terjung heran. »Was um Himmels willen war das?« In seinem Gesicht stand ein erheblicher Schock, und während er sprach, rutschte seine Stimme ins Nichts davon.

»Er scheint mit irgendwas gefüllt zu sein«, sagte Glöckner. »Mit irgendwas ziemlich Schwerem.«

*

»Was haben wir?«, fragte er in die Runde. Es war bereits nach dreiundzwanzig Uhr, und alle drifteten den leichenfreien Zonen ihrer Wohnungen und Häuser entgegen.

»Nicht viel«, sagte Bormann, vor sich auf dem Tisch Fotos und Protokolle, die er hin und her schob, als wollte er ein großteiliges Puzzle zusammensetzen.

Jedem einzelnen der Kripobeamten war bewusst, dass sie augenblicklich nichts ausrichten konnten. Sie hatten ihre Beobachtungen aufgelistet, die wenigen Fakten gesammelt, die sichtbar mit dem Verbrechen in Verbindung standen, und sie hatten mit den anwesenden Mitarbeitern des Senders gesprochen. Nun mussten sie wieder einmal warten, und zwar zum einen darauf, dass die Sonne aufging und sie mit den Befragungen von Angehörigen, Freunden und Kollegen beginnen konnten, zum anderen auf die Auswertung der Spuren und den Bericht der Rechtsmedizin.

»Was sage ich auf der PK?«, fragte Singer, und es klang, als stellte er die Frage nur sich selbst. »Der Presseraum wird morgen früh aus allen Nähten platzen.«

Glöckner war müde, sein Körper tonnenschwer. »Dass es einen Mord gegeben hat. Dass der Ermordete der Fernsehmoderator Hans-Peter Meinhardt ist.«

»Und Meinhardts Gewicht? Seine Füllung?«

»Kein Wort dazu, solange wir nicht mehr darüber wissen.«

Es wurde still im Raum. Glöckner schien sich in einer Druckkammer zu befinden, die jeden Augenblick durch eine Winzigkeit Leck schlagen konnte. Durch ein Hüsteln. Durch Kleiderrascheln. Gerade als er die Runde für heute auflösen wollte, schrillte sein Handy. Er nahm ab, und während er dem Anrufer lauschte, stand in seinem Gesicht kindliches Erstaunen.

Nach etwa zwei Minuten legte er auf, faltete seine sommersprossigen Hände ineinander, wie zu einem mitternächtlichen Gebet, und räusperte sich. »Beton. Meinhardt wurde mit Beton gefüllt.«

*

Die Nachtstunden verrannen, während er vergeblich versuchte, in den Schlaf zu finden. Wie in einer Endlosschleife sah er Meinhardt vornüberkippen. Wieder und wieder vernahm er das Geräusch, mit dem Oberkörper und Kopf des Fernsehmannes auf dem Halbrund des Moderationstisches aufgeschlagen waren. Gegen vier erreichten die Bilder und Geräusche ihre albtraumhafte Blüte. Glöckner richtete sich ein wenig auf und sah zu Judith hinüber. Ein Stück Hinterkopf, eine kleine dunkle Insel im Weiß des Bettzeugs, mehr bot sie ihm nicht dar. Aber dieser winzige Ausschnitt, diese fünf oder sechs nachtglänzenden Haarsträhnen schenkten ihm zumindest für den Augenblick ein wenig Frieden.

Vorsichtig brachte er sein Gesicht in ihre Nähe – und roch so viel Alkohol, dass er den Gedanken, sich an sie zu schmiegen, wieder verwarf. Normalerweise trank Judith nicht. Wieso tat sie es in letzter Zeit?

Glöckner stand auf, ging ins Wohnzimmer und starrte aus dem Fenster. Die Nacht schwebte in verschmiertem Dunkelblau über der Straße und den kleinen notbeleuchteten Geschäften in der Brüsseler nebenan. Von da, wo er stand, konnte er die Brüsseler fast bis zur Aachener einsehen. Keine Menschenseele. Kein Geräusch. Ein eingefrorenes Bild, das, so stellte er es sich vor, im Laufe der Jahre wie ein altes Foto ausbleichen und vergilben würde.

»Ich will wissen, was man fühlt, wenn man tötet.« Dort draußen, in dieser seltsamen Stadt, gab es Dutzende Menschen, die es wussten, aber nur einen, der getötet hatte, um das Gefühl, das man dabei hatte, kennen zu lernen. Wie mochte es sich anfühlen, einen Menschen zu töten? Glöckner hatte hunderte Male darüber nachgedacht. Und war doch nie zu einem Ergebnis gekommen.

Vielleicht konnte Maret Pollmann, die er morgen treffen würde, eine Antwort darauf geben. Als Rechtsmedizinerin hatte sie noch mehr mit Toten zu tun als er, und es sollte ihn sehr wundern, wenn sie sich nicht schon dieselbe Frage gestellt hätte. Was fühlte man beim Töten?

Wie wichtig musste einem die Antwort auf diese Frage sein, wenn man dafür tatsächlich ein Menschenleben auslöschte? Doch Meinhardts Leben war nicht nur ausgelöscht worden. Man hatte seine Leiche ausgeweidet und mit Beton gefüllt. Weshalb? Der oder die Täter hatten nicht den Versuch gemacht, den Leichnam im Rhein oder einem der umliegenden Baggerseen zu versenken. Dann hätte dieses beachtliche Zusatzgewicht Sinn gemacht. Nein, hinter dem, was mit Meinhardt geschehen war, steckte eine Botschaft. Bloß welche?

Ludwig Glöckner genoss den Ruf, ein Meister im Dechiffrieren zu sein, ein Magier des Verstrickten, ein praktischer Philosoph, während er sich selbst lieber als soliden und erfahrenen Arbeiter betrachtete. Und so hilflos, wie er hier am Fenster stand und versuchte, den Beton-Code zu knacken, lag er mit seiner Selbsteinschätzung wohl nicht ganz falsch.

Er machte sich Kaffee, und während die Kaffeemaschine furzte und gurgelte, rief er sich den Moderationstext in Erinnerung, den Meinhardt in seinen leichensteifen Händen gehalten hatte. Wie ein streberhafter Schüler hatte er ihn sich eingeprägt und konnte ihn auswendig:

Meine Damen & Herren …
Michelet hat bescheiden gesagt, dass die Tiere unsere »niedri-

geren Brüder« sind, was heißen will, dass der Mensch der höhere Bruder der Tiere ist. Wir kennen die Ansicht der Tiere zu dieser Frage nicht. Was wir über sie wissen, ist, dass sie gute Bürger der Natur sind, dass sie Rechte und Pflichten haben und dass ihre Intelligenz beachtlich ist. Viel wird über ihre Intelligenz gesprochen, darüber hinaus sind sie höflich. Sie durchziehen die Natur nicht mit Beton und sie stehlen nicht.

Nun, da er wusste, womit Meinhardt gefüllt worden war, ließ ihn der letzte Satz aufschrecken. Der Text hatte nichts mit »Reisefieber« zu tun. Dafür unzweifelhaft mit dem Mord.

OH MÄDCHEN KOMM

Mit gut dosiertem Argwohn in ihren Zügen stand Gabriele Meinhardt auf der Schwelle ihres großzügigen Hauses in Lindenthal. Weder machte sie den Eindruck einer Frau, deren Leben durch einen großen Verlust in Frage gestellt oder gar zerstört worden war, noch wirkte sie befreit oder glücklich. Allenfalls konstatierte Glöckner einen lakonischen Pragmatismus, und er fragte sich, ob sie die Nachricht vom Tod ihres Mannes überhaupt schon erhalten hatte.

»Wenn Sie von der Presse sind, dann kehren Sie am besten wieder um.« Ihr Ton war keinesfalls einladend, dennoch lag darin gerade eine so große Portion Freundlichkeit, dass man, sofern man kein Journalist war, auf ein kurzes Gespräch hoffen durfte.

»Ich bin Polizist. Ich würde Ihnen gern ein paar Fragen stellen.« Würde er bei jedem Mal, wenn er diese Worte aussprach, innerlich ein wenig verschleißen, so wie ein Auto bei jedem gefahrenen Kilometer ein wenig verschliss, wie musste sein Innerstes nach all den Polizisten-Jahren dann aussehen? »Mein Name ist Ludwig Glöckner.«

Sie schien seine Gedanken zu lesen. »Wenn Sie eine tränenaufgeweichte Witwe erwartet haben, muss ich eine ziemliche Enttäuschung für Sie sein. Eine Tasse Tee zum Trost?«

Er folgte ihr ins Haus. Wenn schon nicht die Hausherrin, so erfüllte die Inneneinrichtung des Empfangsraumes seine Erwartungen vollends: ein Kronleuchter vom Gewicht einer mittelgroßen Kirchenglocke, Vorhänge aus Genueser Samt, eine Sitzgruppe aus hochglänzendem Leder, davor ein nierenförmiger, fingerabdruckfreier Glastisch, der auf Parkett aus Edelholz stand, ein so apartes Holz, dass man es vermutlich nur auf entferntesten Inselgrüppchen fand.

»Leiten Sie die Ermittlungen?«, fragte Gabriele Meinhardt und bedeutete ihrem Besucher, Platz zu nehmen.

Glöckner nickte und nahm sich die Zeit, seine Gastgeberin genauer anzusehen. »Beauté« und »Frauenzimmer« waren die Worte, die ihm zu ihrer Beschreibung einfielen. Sie mochte Mitte fünfzig sein.

»So allein? Haben Sie keinen Kollegen, jemanden, dem Sie die Bälle zuwerfen können und der Sie böse anguckt, wenn Sie auf dem Polizeiball ein Schnäpschen zu viel hatten und Gefahr laufen, Ihre Frau mit der Kollegin aus der Asservatenkammer zu betrügen?« Mit einer Geste der Entschuldigung verschwand sie in die Küche und kam kurz darauf mit einem Tablett zurück, auf dem sich zwei Tassen Tee, Milch und Zucker befanden. »Sie wissen, dass das eben nur ein Scherz war?«

»Sicher.« Glöckners Blick fiel auf den Express, der neben seinem Sessel lag. Das Blatt hatte erwartungsgemäß mit dem Meinhardt-Mord aufgemacht, hatte den Täter als Barbaren gegeißelt und von der Polizei schnelle Aufklärung gefordert.

»Halten Sie mich für kalt?«

»Sollte ich das?«

»Nun, immerhin ist mein Mann ermordet worden, und auch wenn wir in den letzten Jahren nicht gerade eine Vorzeigeehe geführt haben, darf man doch einen Zusammenbruch oder etwas in der Art von mir erwarten. Dass unsere Ehe nicht die glücklichste war, sage ich übrigens nur, weil Sie es sowieso erfahren würden.« Sie lehnte sich zurück, atmete tief aus und fuhr fort. »Wieso ich so gefasst bin, wollen Sie doch die ganze Zeit wissen, oder? Wieso ich mich nicht bei Freunden oder Verwandten verschanzt habe? Also hier die Antworten: Erstens war Hans-Peter Meinhardt ein ziemlicher Mistkerl, und in dieser Hinsicht sind die Erinnerungen schon jetzt gnädig zur Gegenwart. Und zweitens lindere ich den Schock – den ich, so können Sie mir glauben, trotz allem erlitten habe – mit dem einen oder anderen Tröpfchen Alkohol.«

»Erzählen Sie mir von dem ›Mistkerl‹«, bat Glöckner.

Sie erzählte ihm von ihrem Mann, erzählte erstaunlich bereitwillig von seinen Ausflügen in fremde Betten. Sie erzählte von den Lügen, die sie sich hatte anhören müssen, bis es irgendwann einmal egal geworden war, was er hinter ihrem Rücken trieb. Sie berichtete von Briefen, die sie gefunden, von Parfüm, das sich in seinen Sachen verfangen hatte. Und sie berichtete von unbekannten Frauen, die ihn am Telefon verlangt und sie dabei wie eine Sekretärin behandelt hatten. Sie schien nichts zu verschweigen, nichts, außer dem eigenen Zorn und Schmerz.

Die ganze Zeit, während sie sprach, wagte Glöckner kaum, in ihr Gesicht zu sehen. Stattdessen fixierte er ihre Finger mit den blutig geknabberten Nagelbetten. Natürlich wollte er jetzt wissen, wie sie diese andauernden Erniedrigungen ertragen hatte, aber er traute sich nicht zu fragen. »Was hat er in seiner Freizeit gemacht?«

»Geschrieben wie besessen.«

»Geschrieben?«

»Scheint ihm viel gegeben zu haben, so wie er immer bedauert hat, dass die Zeit dafür zu knapp ist. Ich hätte ihm sagen können, wo er hätte mehr Zeit hernehmen können.« Und jetzt, so klang es zumindest, wurde sie doch von einer Welle des Selbstmitleids überspült.

»Was hat er geschrieben?« Nicht einmal diese Frage konnte er ohne ein gewisses Schamgefühl stellen.

»Romane. Sein erster ist nie gedruckt worden, sein zweiter wird im Frühjahr bei Kiepenheuer erscheinen.«

Für einen Moment brach der Dialog zusammen. Glöckner fand seinen Rhythmus nicht.

»Er hat behauptet, das Schreiben sei präzise das Gegenteil von dem, was er beim Fernsehen mache.«

»Hat er mit dem Gedanken gespielt, beim Fernsehen aufzuhören?«, fragte Glöckner und versuchte, sich Meinhardt in der Pose des Schriftstellers vorzustellen.

»Er wollte zumindest die Redaktionsleitung abgeben.«

»Aber er wollte weiter moderieren?«

»Ja.« Gabriele Meinhardt rührte sich geräuschvoll einen Schwall Milch in ihren Tee. »Er war sicher, dass seine Präsenz auf dem Bildschirm den Verkauf seiner Bücher fördern würde.«

»Wusste man in der Redaktion von seinen Plänen?«

»Ja, er hat keinen Hehl daraus gemacht.«

»Und stand auch fest, wer seine Nachfolge als Redaktionsleiter antreten würde?«

»Jochen Verheyen. Nach allem, was ich weiß, ist er momentan in Südafrika.«

»Wie war das Verhältnis Ihres Mann zu seinem Kronprinzen?«

»Zu Verheyen? Nicht gerade von reiner und tiefer Liebe durchtränkt, aber auf der Arbeitsebene ganz gut. Mein Mann schätzte seine Arbeit, und glauben Sie mir, das wollte was heißen.«

Damit schied Verheyen als Tatverdächtiger so gut wie aus. Glöckner mochte das Gefühl, wenn der erste Baum im Verdächtigen-Wald gefällt war. »Haben Sie die Romanmanuskripte hier? Ich würde sie mir gern ausleihen.«

Gabriele Meinhardt nickte und berührte mit den Fingerkuppen seinen Handrücken. »Trinken Sie einen Cognac mit mir?«

*

»Wieso gehen diese« – Judith setzte das folgende Wort beidhändig in Anführungszeichen – »Journalisten so gnädig mit ihm um, hm? Nur weil er tot ist? Nur weil man über einen Toten keinen Müll auskippt?«

»Nur weil man eine Leiche nicht mit Dreck bewirft?« Die Frage des Mannes, dessen Namen sie noch nicht einmal kannte, war ebenso rhetorisch wie die ihre.

»Nur weil man Verblichene nicht in Jauche taucht?«

»Hingeschiedene nicht mit Schmutz beschmutzt?«

»Von-uns-Gegangene nicht mit Flecken befleckt?«

Judith lallte noch nicht, aber in ihrer Aussprache fanden sich erste Unsauberkeiten. Sie selbst nahm diese kleinen Ausrutscher an den Rändern ihrer sonst so präzisen Aussprache nicht wahr. Sie ließ einen ausgedehnten Blick durchs »Grüne Eck« wandern, ehe sie mit einem lebensschweren Seufzer einen weiteren Rotwein orderte, ihren vierten. »Sie haben Humor«, sagte sie, beugte sich tief dekolletiert zu ihrem Tresennachbarn und legte die Hand auf seinen Unterarm. »Das gefällt mir.«

Der Mann grinste, äußerst beglückt über das Kompliment. Er war noch keine vierzig, und nach dem Tweed-Ensemble, das ihm einen angelsächsischen Anstrich verlieh, zu urteilen, war er versehentlich im »Eck« gelandet.

»Humor ist selten«, fügte Judith hinzu, mit der rechten Hand noch immer den Unterarm des Mannes tätschelnd. Mit der freien linken griff sie nach dem soeben angelieferten Wein, erwischte ihn beim zweiten Versuch, spitzelte die Zunge in die Tiefen des Glases und resümierte: »Hansaplast! Jetzt weiß ich endlich, wonach dieser so genannte Wein schmeckt: nach Hansaplast!« Sie nickte energisch. »Wissen Sie übrigens, dass mein Mann die Ermittlungen in dieser Meinhardt-Geschichte führt? Jaja, er ist offiziellerweise auf der Suche nach dem Mörder. Er ist ein staatlicher Mörder-Sucher, ein amtlicher Verbrecher-Häscher, immer hinter dem Schurken her, immer im Nacken des Bösewichts.«

Ihre Haltung oder – wenn man wollte – Pose war längst eine einzige Aufforderung, sie zu berühren, sie zu küssen, sie auf die Toilette zu zerren. Und tatsächlich schien dem Mann jetzt etwas in der Art vorzuschweben, doch als er seine Hand in ihre Richtung ausstreckte, fauchte sie ihn an: »Hey, was soll der Scheiß?« Damit stand sie auf, schob einen Zwanzig-Euro-Schein auf den Tresen und verließ leicht wankend das Lokal.

Das Wetter war umgeschlagen. Das trauliche Lüftchen des frühen Nachmittags war einem scharfen Wind gewichen, der an den Kleidern riss und Wolkenfetzen über den Himmel jagte. Judith beschloss, am Aachener Weiher eine kleine

Runde zu drehen. Dem unheilvollen Ausnüchtern gedachte sie, mit einem 0,1-Fläschlein Weinbrand vorzubeugen. Kioske gab es auf dem Weg genug. Fünf oder gar sechs. Als sie den Ring überquert hatte und sich fester werdenden Schrittes Richtung Aachener Straße bewegte, begann sie ein Lied von Los Banditos zu summen. *Oh Mädchen komm.*

*

Mit jedem Schritt, mit dem er sich dem Institut für Rechtsmedizin näherte, gewann ihr Gesicht an Schärfe, und er musste schon jetzt gegen den Sog der Wunschbilder in seinem Kopf ankämpfen. Der Wind wirbelte ihm Straßenstaub in die Augen. Tränenrinnsale blinkten auf seinen Wangen. Es zog ihn, gestand er sich ein, hin zu Maret Pollmann. Er mochte ihre schwarzen Augen. Er mochte ihren Gang, der schmal und geschmeidig war wie der einer Katze. Er mochte ihre niedliche, dozierende Pose, wenn sie ihm im frostkalten Keller des Instituts die Ergebnisse ihrer Untersuchungen vortrug. Sie war, so schätzte er, Mitte dreißig. Ihr Körper, den er eigentlich nur eingehüllt in einen dieser grünen Kittel kannte, hatte etwas höchst Zerbrechliches. Und ihre Augenlider waren so glatt und dunkel wie die Gläser einer Sonnenbrille.

Als reifer Mann, als den er sich betrachtete, hielt er seine Zuneigung zu Maret Pollmann durchaus für legitim. Wem tat sie schon weh? Und außerdem: War er nicht alt genug, um sich hin und wieder den Luxus einer kleinen Schwärmerei zu gönnen?

Sie empfing ihn mit gewohnter Herzlichkeit, und wenn ihr seine Alkoholfahne aufgefallen war, dann ließ sie es sich nicht anmerken.

»Welch eine Nacht!«, intonierte sie und steuerte auf den Sektionstisch mit der abgedeckten Leiche zu. »Meinhardt war nur einer von drei Neuzugängen gestern, aber selbstverständlich habe ich ihn mir zuerst angesehen. Tja, ich muss Ihnen vermutlich nicht erzählen, dass diese Obduktion bis hierher ein ziemliches Abenteuer war.«

Glöckner, der ihr schweigend gefolgt war, sog ihren süßlichen Geruch ein und schwieg.

»Da denkt man immer, man hat alles gesehen, und plötzlich schleppen vier Typen« – mit theatralischem Schwung enthüllte sie Meinhardts Leiche – »so was an. Ihre Kollegen mussten ihn tatsächlich zu viert tragen. Ein Wunder, dass der Tisch das ausgehalten hat.«

Glöckner starrte auf die Leiche, dankbar für jeden einzelnen Tropfen Cognac, den er zuvor mit der Frau des Toten getrunken hatte. Wer immer Meinhardts Oberkörper geöffnet hatte, war diesbezüglich kein Fachmann. Der Schnitt, von der Brust bis hinab zum Schambein, war alles andere als gerade, und an den Rändern waren mal kleinere, mal größere Fetzen Haut regelrecht weggerissen. Alles in allem machte Meinhardt mehr den Eindruck, aufgesprengt als aufgeschnitten worden zu sein. Wieder verschlossen worden war der Körper mit drei riesigen Metallklammern, die im Abstand von vielleicht fünfzehn Zentimetern parallel in Knochen und Haut gerammt worden waren. Ein martialischer Verschluss, wie Glöckner fand.

»Was wissen Sie?«, fragte er und versuchte, seine Stimme dumpf und hypnotisch klingen zu lassen.

»Nun, der Beton im Inneren des Körpers ist nach Maßstäben des Laien inzwischen vollständig ausgehärtet. Das Ausweiden und Auffüllen der Leiche dürfte etwa« – Maret Pollmann sah auf ihre wuchtige, chromfunkelnde Uhr, eine Männeruhr, die an ihrem mageren Handgelenk überdimensioniert, beinahe grotesk wirkte – »vor zwei Tagen stattgefunden haben. Plusminus fünf Stunden. Unter den Fingernägeln der rechten Hand haben wir Hautpartikel entdeckt. Sind schon auf dem Weg zur Genanalyse. Ergebnis in drei bis vier Tagen. Auf dem gesamten Körper finden sich flächenhafte Blutunterlaufungen der Haut, vermutlich Folge stumpfer Gewalteinwirkung. Merkwürdigerweise gibt es im Gesicht keinerlei Spuren von

Gewalt. Am auffälligsten sind die Hämatome an den Oberarmen. Ihre Flächigkeit legt den Verdacht nahe, dass der Tote eine Zeit mit Riemen oder etwas Ähnlichem gefesselt war.«

Während sie sprach, hatte er sie die ganze Zeit angestarrt. Jetzt heftete er seinen Blick auf das Obduktionsbesteck zu ihrer Rechten: Skalpelle, Scheren, Zangen. Hammer, Meißel, Handsäge, Elektrosäge. Es fiel ihm schwer, diese Werkzeuge mit ihrer Person in Verbindung zu bringen.

»Und die Todesursache?«, fragte er, während in seinem Kopf Orkangeräusche hallten.

»Mit hoher Wahrscheinlichkeit Herzstillstand nach Kreislaufkollaps durch hohen Blutverlust.«

»Als Sie ihn geöffnet und hineingesehen haben –«

»Ja?«

»Waren da …« Er stockte. Tatsächlich hatte er seine Frage vergessen, und nun versuchte er, dem kindlich erwartungsvollen Blick der Rechtsmedizinerin standzuhalten. »Diese Klammern da – war es schwierig, sie zu entfernen und wieder zu befestigen?«

»Ich musste mir helfen lassen. Ist eine ziemliche Spannung drauf. Ich nehme an, Sie brauchen Fotos davon?«

Glöckner nickte abwesend.

»Wenn sie nicht abholbereit am Empfang liegen, was sie eigentlich längst tun sollten, sorge ich dafür, dass sie Ihnen schnellstmöglich zugeschickt werden.«

Gerührt von so viel Engagement und Fürsorge, hätte er sie am liebsten in die Arme genommen, und im Stillen verfluchte er die gesellschaftlichen Normen, die ihm das verboten. Es war ein schönes und auch amüsantes Bild, das sich jetzt vor seinem geistigen Auge aufbaute: er, der Endvierziger, tonsurös und mit kränklich schimmernder Haut, wie er diese leuchtende Blume an sich drückte.

»Danke«, sagte er.

*

Das heutige Meeting verstrich, ohne dass man in irgendeiner Weise vorankam. Glöckner hatte die Fotos mit großer Geste vor seinen Mitarbeitern aufgefächert, doch keiner von ihnen hatte auch nur den leisesten Verdacht, wozu die Klammern, die Meinhardts betongefüllten Oberkörper zusammenhielten, herkömmlicherweise dienten. Wollte man aber den Hersteller und die Bezugsquellen ermitteln, musste genau das herausgefunden werden.

Betrübt lauschte Glöckner den Ausführungen von Bormann, der beim WDR bisher nur mit Christine Konrad, Meinhardts Sekretärin, gesprochen hatte und nichts zu berichten wusste, außer dass Meinhardt in seinem beruflichen Umfeld zwar geachtet, aber nicht unbedingt von allen Mitarbeitern geliebt worden war. Der Kurzbericht des Kollegen Terjung war nicht erfreulicher. Terjung hatte Meinhardts Schwester, die in Wermelskirchen wohnte und von der man sich ein paar private Informationen erhoffte, wiederholt nicht angetroffen. Der Bitte um Rückruf, die er auf ihrem Anrufbeantworter hinterlassen hatte, war sie bisher nicht nachgekommen. Singer war mit der Aufgabe betraut gewesen, ein wenig in Meinhardts Vergangenheit zu wühlen. Nichts. Ein paar winzige Ungereimtheiten vielleicht. Hier und da eine Beleidigung. Da und hier ein gehörnter Ehemann. Eine kleine Bestechung im Rahmen der Wahl zum Journalisten des Jahres. Gewiss nichts, das jemanden zum Töten hätte verleiten können.

Solange man nicht tötete, nur um zu erfahren, wie es sich anfühlte.

*

Die Lektüre von Meinhardts erstem und unveröffentlichtem Roman »Inmitten der Nacht« war für Ludwig Glöckner eine solche Tortur, dass er nach gut zwanzig Seiten das Handtuch warf. Zwar las er nicht zu seinem Vergnügen, sondern um etwas über den Verfasser zu erfahren, vielleicht las er sogar, um einen Hinweis zu finden, der ihm in der Mordsache weiterhalf, aber alles hatte seine Grenzen. Man sollte Tote nicht verhöhnen, doch Meinhardt mit Blick auf seine Schriftstellerei einen Versager zu nennen, hätte jeden anderen Autoren der Welt beleidigt. Wenn schon nicht inkorrekt oder widersinnig, so war Meinhardts Sprache auf eine so schmerzvolle Art unbeholfen, dass man beinahe Mitleid bekam. Glöckner, fürwahr kein Fachmann auf literarischem Gebiet, überlegte, ob er je einen schlechteren Text in den Händen gehalten hatte. Die Handlung des Romans, die ganz offensichtlich autobiographische Züge trug, konnte da nichts mehr retten. Im Gegenteil. In angedeuteter Tagebuchform wurde von einem im Krieg geborenen Jungen erzählt, der voller Begabungen steckte. Leider standen die historischen Umstände einer Entwicklung, wie sie dem Jungen entsprochen und wie er sie zweifelsfrei verdient gehabt hätte, entgegen. Aber der Kleine fühlte, dass seine Zeit kommen würde ... Kurz, es war zum Erbrechen.

Ganz anders der zweite Roman. »Heldenfluchten« erzählte die Geschichte eines Biologen, der sich mittels eines Zaubertranks in jedes beliebige Tier verwandeln konnte. Was zunächst nach einem Märchen von durchschnittlicher Qualität klang, war in seiner Ausführung eine bildersatte und fesselnde Inszenierung, frei von jedem Klischee, sprachmächtig und zwingend. Ein wahres Fest. Vor allem, so fiel Glöckner auf, war es ein Fest in Grün, denn die Natur dominierte, durchtränkte jede Seite mit einer Kraft, dass man sie in ihrer unendlichen Fülle und Potenz zu fühlen, zu riechen, zu schmecken glaubte.

Glöckner, der manische Großstädter, verschlang die ersten Kapitel. Er schloss das Manuskript erst, als die vergangene schlaflose Nacht ihren Tribut forderte. Erstaunlich, welchen Qualitätssprung Meinhardt beim Schreiben innerhalb kurzer Zeit gemacht hatte. Doch vielleicht lagen zwischen den beiden Manuskripten auch Jahre stummen Kämpfens um belletristische Meisterschaft. Wenn ja, dann hatte sich dieses Kämpfen gelohnt.

Glöckner verzichtete aufs Zähneputzen, spritzte sich nur ein wenig lauwarmes Wasser in Gesicht und Nacken, dann begab er sich zum Kühlschrank und nahm einen langen Schluck Milch. Jetzt erst fiel ihm der Zettel auf dem Tisch auf. Judith teilte mit, dass sie unterwegs sei und nicht wisse, wann sie nach Hause komme. Außerdem forderte sie ihn auf, eine Agentur namens Zorn & Zepter zurückzurufen. Er schielte hinüber zur Uhr. Es war bereits nach Mitternacht.

Judith kam gegen zwei. Sie brauchte eine kleine Ewigkeit, um die Wohnungstür zu öffnen. Mit allem lärmend, womit man lärmen konnte, fand sie den Weg zur Toilette. Sie ließ die Tür hinter sich krachen. Dann war Stille, minutenlang. Glöckner unterdrückte seine Wut und sah nach. Judith hockte mit zusammengerollten Schultern auf der Kloschüssel, Strumpfhose und Slip auf den Knöcheln, den Rock zu einer faltigen Wurst geformt und bis weit über den Bauchnabel nach oben geschoben. Es verging unbestimmte Zeit, ehe sie ihn in der Tür bemerkte, mit gläsernen, geröteten Augen ins Visier nahm und mit den Lippen ein gedehntes Hallo formte.

Er starrte sie an, voller Unverständnis und Ekel, und entsann sich eines großen Dichters und Philosophen, der einmal gesagt hatte, dass ein Mann immer seine sexuelle Obsession heiraten sollte. Nicht die Schönheit. Nicht den Verstand. Die sexuelle Obsession.

Er hatte vor sechzehn Jahren die Schönheit geheiratet.

ZORN & ZEPTER

Zorn & Zepter präsentierte sich professionell und jugendlich. Die Werbe- und Medienagentur in der Bismarckstraße mit Blick auf den Mediapark und den KölnTurm – wenn man tapfer genug war, sich weit aus einem der vorderen Fenster zu beugen – pflegte bis ins Detail ein modernes Image. Bis in die Fasern der Tapete war man bemüht, sich vom »rheinischen Mief« abzuheben. In den Räumen der Agentur war ein Mensch wie Glöckner der pure Anachronismus, die traurige Inkarnation einer noch traurigeren Vergangenheit. So zumindest fühlte er sich.

Abgesehen davon machte Zorn & Zepter auf ihn den Eindruck eines elitären Kindergartens: Wunderkinder versammelten sich an einem ausgewählten Ort, um Dinge zu tun, die außer ihnen niemand zu tun imstande war, wobei innerhalb dieses Mikrokosmos niemand die Frage zu stellen wagen würde, inwieweit diese Dinge von allgemein gültigem Interesse waren, sprich: inwieweit sie eines Tages Geld für Anzüge, Kokain, mexikanisches Bier und Büromiete einbringen würden. Glöckner konnte die Bankkredite förmlich riechen, die dank elterlicher Bürgschaften gewährt worden waren. Und er roch einen Konkurs, der niemandem wehtun würde.

Kaspar Mitternacht, ein androgyner Endzwanziger, der sich als *art director* vorgestellt hatte, bat ihn in sein Büro. »Machen Sie es sich bequem!« Er deutete auf ein Designersofa, schwarzblaues Velours, chromglänzende Insektenbeine. »Espresso?«

»Danke, nein.« Auf Mitternachts Schreibtisch registrierte Glöckner den Stadt-Anzeiger, der nach Bekanntwerden neuer Einzelheiten – wobei Meinhardts außergewöhnliche »Füllung« wohl die bemerkenswerteste war – zum zweiten Mal mit dem Tod des TV-Mannes aufgemacht hatte.

»Ich weiß, Menschen wie Sie haben wenig Zeit«, sagte

Mitternacht mit hoher, präziser Stimme, »aber da Sie, wie man so hört und liest, mit Ihren Ermittlungen ein wenig in der Luft hängen, dachte ich, Sie sollten sich vielleicht ein paar Spots ansehen.« Er grinste selbstgewiss; sein stahlblauer Anzug schien das gesamte Licht im Raum zu bündeln und reflektierte es so stark, dass man ihn für die eigentliche Lichtquelle hätte halten können. »Zorn & Zepter hat in der Vergangenheit ein paar Werbespots gedreht, die weder im Kino noch im Fernsehen je gelaufen sind.«

»Weshalb nicht?«

»Sagen wir, der Geschmack der Auftraggeber war für Arbeiten wie die unseren noch nicht reif. Wollen wir?« Damit schob er eine Kassette in einen Beta-Player, richtete einen Flachbild-Monitor so aus, dass sowohl er als auch sein Gast beste Sicht hatten, dann griff er nach einer irritierend großen Zahl von Fernbedienungen und brachte sich hinter seinem Schreibtisch in Stellung. »Bereit?«

Und schon begannen die Bilder zu zappeln. Zunächst konnte Glöckner nichts von dem, was er sah, mit dem Mordfall Meinhardt in Verbindung bringen. Er sah beispielsweise einen Spot, in dem Käse-Cracker mit süßen kleinen Küchenschürzen an einem süßen kleinen Herd standen und süße kleine Käse-Cracker backten, und als die neuen Käse-Cracker fertig waren, fanden sich alle zu einem süßen kleinen Ballett zusammen. In einem anderen Spot schwebten einzelne Buchseiten unter einer riesigen Glaskuppel und sollten offenbar – festhalten! – Diätjoghurt verkaufen.

»Deshalb haben Sie mich kommen lassen?«, fragte Glöckner, um einen Tonfall bemüht, der klarstellte, dass er nicht der Mann war, über den man sich ungestraft lustig machte.

»Warten Sie« – Mitternacht wedelte mit beiden Armen in Richtung des Monitors – »müsste gleich kommen.«

»Spulen Sie doch einfach vor.«

»Das Gerät ist defekt. Spult leider nur zurück.«

Glöckner beschloss, noch präzise drei der kurzen Filme abzuwarten, ehe er sich erheben und verabschieden würde.

Anschließend würde er sich für ein halbes Stündchen im nahen Stadtgarten niederlassen, seine gierige Aufmerksamkeit anstatt diesem verwöhnten Arzt- oder Managerkind einem kleinen Imbiss widmen und darüber nachdenken, ob und wie man Zorn & Zepter für die gestohlene Zeit haftbar machen konnte.

»Ich denke, der nächste oder übernächste ist es«, versprach Mitternacht in diesem Moment, und Glöckner richtete seine Augen wieder auf den Monitor. Dort war jetzt ein Mann auf einem Fenstersims zu sehen. Unter ihm, auf verschwommen dunkler Straße, brachte sich etwa ein Dutzend Feuerwehrleute mit einem Sprungtuch in Stellung. Der Mann sprang, und man sah ihn etwa drei Sekunden lang mit flatternder Gesichtshaut im freien Fall. Seine Flugbahn machte eine Positionskorrektur des Sprungtuchs nötig. Also wuselten die Feuerwehrmänner nach links. Schnitt auf ein Detail auf der Straße, auf einen weggeworfenen Schuh. Einer der Männer stolperte über den Schuh, fiel und brachte damit alle seine Kollegen ins Straucheln und schließlich gleichermaßen zu Fall. Der Selbstmörder schlug neben ihnen auf der Straße auf – man hörte es nur, aber das Geräusch war grauenvoller als jedes vorstellbare Bild. Schnitt auf den Feuerwehrmann, der über den Schuh gestolpert war. Er zwinkerte und blinzelte theatralisch in die Nacht, um auf diese Weise zu verdeutlichen, dass ihn seine Augen im Stich gelassen hatten und er deswegen den Schuh übersehen hatte. Blende ins Schwarz. Und der fett insertierte Schriftzug: *»Nachtblind? Versuchen Sie es mit Gläsern von Optik Oberländer!«*

»Jetzt! Passen Sie auf!« Mitternachts Stimme sprang mit jedem Wort eine Terz nach oben.

Glöckner sah, wie vier Mafiosi einen toten Mann in den Kofferraum einer Limousine verfrachteten, anschließend durch nächtliche, regenspiegelnde Straßen fuhren und an einer Baustelle stoppten, wo sie den Oberkörper des Toten öffneten und sämtliche Innereien entfernten. Das Ganze war zwar so inszeniert, dass weder Blut noch Gedärme zu sehen waren, dennoch gab es keinerlei Zweifel am makaberen Tun der Männer. Während sie nun ihr Opfer ausweideten und dabei, als säßen sie bei Pasta und Rotwein im Bellini, über Gott und die Welt plauderten, schob sich bedrohlich der Schatten eines Betonmischers ins Bild. Nach einer langen Überblendung sah man, wie die Limousine auf ein nicht näher definiertes Gewässer zurollte, an dessen Ufer dampfender Nebel aufstieg. Die Mafiosi hievten die mit Beton gefüllte Leiche aus dem Kofferraum und warfen sie ins Wasser. Der Leichnam versank mit großer Entschlossenheit, und nach einigen Sekunden torkelten ganze Armeen von Sauerstoffbläschen an die Wasseroberfläche. *»Beton. Ganze Arbeit.«*

Mitternacht stoppte das Band und blickte seinen Gast erwartungsvoll an.

Glöckner schwieg. Unwirklichkeit türmte sich auf Unwirklichkeit. Die vergangenen beide Tage waren ihm schon sehr irreal erschienen, und jetzt dieser Werbefilm, der Meinhardts Tod vorwegnahm, zumindest technisch gesehen.

»Wann ist dieser Spot gedreht worden?«, fragte er schließlich.

»Vor einem halben Jahr etwa.«

»Gab es einen Auftrag dafür?«

»In gewisser Weise.« Mitternacht gefiel sich augenscheinlich in seiner Rolle. »Sehen Sie: Wir waren und wir sind eine noch nicht etablierte Agentur. Wir können in einer Stadt wie dieser nicht erwarten, dass uns die Auftraggeber von Anfang an die Tür einrennen. Also gehen wir gewissermaßen in Vorleistung und führen potenziellen Kunden vor Augen, was ihnen fehlt, nämlich kreative, verstörende Werbung.«

Glöckner dachte über die Wirtschaftlichkeit eines solchen Herangehens nach. »Und wer waren oder sind in diesem Fall die potenziellen Kunden?«

»Nun, in erster Linie ist das doch wahrscheinlich die Beton-Lobby, oder?«

»Wer außer Ihnen kennt den Spot?«

»Meine Mitarbeiter natürlich. Und dann zwei Herren der Firma PUR-Bau aus Düsseldorf.«

»Wie haben die reagiert?«

»Um ehrlich zu sein, sind die völlig ausgeflippt. Wir seien total krank im Kopf. Für diesen Dreck sollte man uns einsperren. Und so weiter. Diese Reaktion illustriert übrigens gut, was ich meine« – Mitternacht errötete, und ein Schuss Gekränktheit schlich sich in seine Stimme – »wenn ich sage, dass die Kunden für das Zorn & Zepter-Konzept noch nicht reif genug sind.«

»Hatten *Sie* die Idee für den Beton-Spot?« Zu seiner großen Beruhigung fand Glöckner allmählich in seinen gewohnten Fragerhythmus.

»Ja.« Die Silbe hüpfte aus Mitternachts Innerem förmlich ins Freie, ein stolzes Klümpchen Buchstaben.

»Ist Mitternacht ein Pseudonym?«

»Was glauben Sie?«

»Haben Sie so was schon mal gesehen?« Mit der Flinkheit eines Trickbetrügers schob Glöckner ein Foto auf den Tisch.

»Was soll das sein?«

»Sieht aus wie eine Metallklammer, oder?«

Wieder an der frischen Luft, verspürte Glöckner das Verlangen, ein oder zwei Kapitel aus »Heldenfluchten« zu lesen. Wo hatte er das Manuskript in der vergangenen Nacht zugeschlagen? Richtig. An der Stelle, wo sich David, die Hauptfigur der Geschichte, in eine Antilope verwandelte, die ihre Jäger immer wieder zum Narren hielt.

*

Auf dem Weg in die WDR-Arkaden, wo er sich mit Iris Brüning verabredet hatte, tanzten Stichworte durch seinen Kopf, Stichworte wie »Ausstopfen« beispielsweise. Welche Aussage traf ein Mensch, der etwas ausstopfte? Ging es ihm nur ums

Konservieren, oder brachte der Drang, Dinge auszustopfen, etwas zum Ausdruck, das sich ihm im Augenblick noch nicht erschloss?

Gefüllt wie eine Weihnachtsgans. Lag in diesen Worten vielleicht des Rätsels Lösung? Wofür stand eine gefüllte Weihnachtsgans? Für Wohlstand? Sicher. Und wofür noch? Für eine Grundhaltung: Ich bin Fleischfresser!

Beschweren. *Einem unbeschwerten Leben folgt ein beschwerter Tod.* Ein mit Beton beschwerter Tod. Wie eine Formel hämmerte der Satz während des Gesprächs mit Iris Brüning zwischen seinen Schläfen. Mit dem Satz konfrontiert, schüttelte die junge Redakteurin jedoch nur entschuldigend den Kopf. »Dazu fällt mir auf die Schnelle nichts ein.«

Auch ansonsten war sie wenig hilfreich. Wenn sie tatsächlich etwas Bemerkenswertes mitzuteilen wusste, dann nur, dass ein freier Mitarbeiter namens Dreyer von Meinhardt kurz vor dessen Tod gefeuert worden war und dass es in Kürze ein Casting für die Moderationsnachfolge geben würde.

Glöckner gab noch nicht auf, wollte, dass sie ihm beim Dekodieren half, doch sie schien keinerlei Lust zu verspüren, irgendeinen Code zu knacken oder dahinter zu kommen, wofür Meinhardts gefüllter Oberkörper eine Metapher sein könnte. Stattdessen erging sie sich – ungefragt und mit einer gewissen Heiterkeit – in Spekulationen über Täter und Motiv, sprach über Verrückte im Allgemeinen und Beton-Fetischisten im Besonderen, während Glöckner hinaus auf den Dom starrte, der sich an diesem verschleierten Frühnachmittag wie ein flüchtiges Aquarell in den Himmel schlängelte.

»Wussten Sie, dass Meinhardt Romane geschrieben hat?«

Sie verneinte.

»Haben Sie eine solche Metallklammer schon einmal gesehen?«

»Tut mir Leid, nein.«

FILZ-GNOSS UND DIE ANDEREN

Eine Möglichkeit, Kiepenheuer & Witsch auf der Rondorfer Straße zu erreichen, war, von der Bonner Straße zunächst in die Lindenallee einzubiegen, diesen schmalen Korridor, der seinen Namen den flankierenden Bäumen verdankte. Straßennamen, dachte Thomas Bugwenz häufig, wenn er in seinem mattsilbernen A 8 durch die Lindenallee glitt, können eine solche Logik besitzen. Mehr noch prägte sich die Lindenallee jedoch durch die All Saints Church ein. Rechter Hand etwas eingerückt, erinnerte der lichtgeflutete Backsteinbau an eine klerikale Sporthalle. Bugwenz schmunzelte, während er sich Veranstaltungen ausmalte, die *Beten & Basketball* oder *Lobpreisen im Anstoßkreis* hießen.

Seit nunmehr siebeneinhalb Jahren war Thomas Bugwenz Lektor bei Kiepenheuer. Er hatte sich den Vormittag frei genommen, um ein paar überfällige Ämtergänge zu erledigen. Jetzt, da er in die Rondorfer einbog, stellte er sich die Frage, weshalb der Verlag ausgerechnet hier stationiert war. War Marienburg der richtige Ort für ein Verlagshaus wie das ihre? Wie konnte inmitten dieser Gewissheiten von Alarmanlagen, akkurat gestutzten Hecken und Goldfischteichen lebendige Literatur entstehen? Ohne Zweifel gehörte Thomas Bugwenz zu jenen Lektoren, die sich unter wirklich keinen Umständen von der Vorstellung trennen würden, dass Literatur in den Räumen des Verlages entstand und nicht etwa an septischeren Orten, wie beispielsweise der Kopf des Autors einer war.

Er parkte gegenüber dem Haus mit der Nummer fünf, der Kiepenheuer-Villa. Er stieg aus, hielt inne. Sein Blick strich ein paar Mal über die weiß getünchte Fassade und blieb schließlich an einem der vergitterten Fenster im Erdgeschoss hängen. Er zögerte. Seinen ersten unumgänglichen Termin hatte er um vierzehn Uhr.

Unauffällig rutschte er zurück in seinen Wagen und fuhr auf die Bonner zum Bellini, das sich zwischen dem Audi-

Zentrum und der Marmor-Glas-Front eines noch zu verpachtenden Bürogebäudes versteckte. Bugwenz parkte direkt vor dem Eingang. Keine zwei Minuten später bestellte er sich Wasser, Kaffee und Wildravioli. Er wollte sich gerade zurücklehnen und einen Blick in den heutigen Stadt-Anzeiger werfen, als der Schatten eines Mannes auf seinen Tisch fiel. In Bugwenz' Kopf klingelte sofort dieser spezielle, unheilverkündende Ton, der sich noch einen Tick warnender als sonst anhörte.

»Wieso haben Sie sich nicht gemeldet?«

Bugwenz blickte vorsichtig auf und stellte fest, dass Piontek seinem existenzialistischen Äußeren treu geblieben war. Allerdings schien er es in letzter Zeit mit der Körperhygiene nicht sehr genau genommen zu haben. Und er hatte deutlich abgenommen.

»Verschwinden Sie.«

»Ich habe Ihnen gesagt, was passiert, wenn Sie die Sache nicht klarstellen.« Pionteks Augen hüpften in ihren Höhlen hin und her. In seinen Mundwinkeln sammelte sich blasiger Speichel.

Kurz zog Bugwenz in Erwägung, den ungebetenen Gast durch die Bellini-Belegschaft entfernen zu lassen. »Wie oft wollen wir darüber noch diskutieren? Ich habe nichts klarzustellen.«

»Wissen Sie, was wir machen, Bugwenz?«

In diesem Moment fiel Piontek den beiden Kellnern auf, die an der Bar lehnten; ihre Augen wurden skeptisch-schmal, und ihre Körper schienen sich zu straffen.

»Ich stelle Ihnen ein Ultimatum!«

»Das wäre dann das dritte«, sagte Bugwenz, die beiden Italiener, auf denen seine Hoffnungen ruhten, im Augenwinkel.

»Und das letzte!« Augenscheinlich spürte Piontek die Bedrohung durch das Personal und leitete seinen Rückzug ein. »Eine Woche, Bugwenz. Ich gebe Ihnen genau eine Woche!«

»Und dann?«

»Dann sollten Sie bei jedem Schritt, den Sie tun, hinter sich blicken.«

Schon fast aus der Tür, stieß Piontek mit einem Mann zusammen, den der Zusammenstoß nicht im Geringsten zu irritieren schien.

Der Mann sah sich suchend im Lokal um, dann steuerte er auf den Tisch des Lektors zu. »Sind Sie Thomas Bugwenz?«

Bugwenz entrang sich ein schwerer Seufzer.

»Mein Name ist Glöckner. Kripo Köln. Ihre Sekretärin hat mir gesagt, dass ich Sie mit ein wenig Glück hier finde.«

»Dieser Tag bekommt allmählich bizarre Züge«, stöhnte Bugwenz und deutete auf den freien Stuhl neben sich.

*

Es war zwar nur eine unscheinbare Berührung, ein versehentliches Rempeln, dennoch hatte es bleibenden Eindruck hinterlassen. Die berührte Stelle begann zu brennen, brannte plötzlich wie Feuer. Piontek torkelte die Bonner Straße stadteinwärts und staunte über die Schamlosigkeit, mit der sein Körper immer wieder nach Aufmerksamkeit schrie. Seine Schulter und die Schulter dieses Mannes hatten sich doch kaum berührt. Trotzdem hatte er das Gefühl, von einer Granate getroffen worden zu sein. Seine Schulter fühlte sich an wie ein offener Krater, über dessen ausgefranste Ränder pulsierendes Blut schwappte.

»Passen Sie doch auf, wo Sie hintreten!«

Tat er doch. Was sollte er machen, wenn der Bürgersteig so schmal war. Er holte tief Luft, versuchte, es noch ein wenig aufzuschieben. Kurz darauf glitt seine Hand jedoch in die Manteltasche und förderte die kleine gelbweiße Kapsel ans Licht. »Ein Hoch auf die Zunft der Apotheker«, murmelte er, »ein dreifach Hoch.« Mit abgespreiztem kleinen Finger legte er sich die Kapsel auf die Zunge. Er grinste, durchbiss die Umhüllung, schluckte. »Hoch, hoch, hoch.«

Jemand touchierte im Vorbeigehen seine linke Flanke, und der Schmerz explodierte buchstäblich in den gesamten Körper hinein. Er jaulte auf.

»Ist Ihnen nicht gut?«

»Geht schon.«

»Soll ich einen Arzt rufen?«

»Ich hab gesagt, geht schon!«

Er wusste, in zwei Minuten würde er keinerlei Schmerz mehr spüren.

*

Inspiration. War es nicht das, was er brauchte? Gespräche wie die mit Iris Brüning oder Thomas Bugwenz brachten ihn nicht weiter. Aber was hatte er auch erwartet? Von Bugwenz zum Beispiel? Dass er entscheidend zur Klärung des Falles beitrug? Dieser Mann war Meinhardts Lektor. Ein literarischer Alliierter. Natürlich würde er so tun, als verstünde er nicht, wie jemand Hans-Peter Meinhardt, einen so feinen, geistvollen, talentierten Menschen, töten konnte, und dieses verzweifelte Unverständnis wäre dann auch alles, was man am Ende eines solchen Gesprächs mit nach Hause nehmen konnte.

Und genau so war es selbstverständlich gekommen. »Ich kann nicht begreifen«, hatte der Lektor gestöhnt, und dieses Stöhnen war nicht weniger als ein Gebet gewesen, »weshalb es ausgerechnet Hans-Peter Meinhardt treffen musste, eine so seltene und feinsinnige Person. Was hätte uns dieser Mensch nicht noch alles geben können!«

Doch Ludwig Glöckner wusste nur zu genau, warum er diese Gespräche geführt hatte und auch weiterhin führen würde: weil sie momentan alles waren, was er in den Händen hielt.

Inspiration. Er entschied, am helllichten Tag ein Glas zu trinken und die krampflösenden Kräfte des Alkohols zu nutzen. Erlaubt ist, was Licht ins Dunkel bringt. Als er sich jedoch in einem Café am Heumarkt niederließ und von der Bedienung, einer Südländerin mit glasigen Augen und trainiertem Körper, nach seinen Wünschen gefragt wurde, bestellte er nach kurzem Zögern doch nur einen Milchkaffee.

Die Bedienung entfernte sich, und während er ihr schläfrig hinterhersah, schwappten fast vergessene Worte in sein Bewusstsein. *Ich will wissen, was man fühlt, wenn man tötet.* Daran, dass sich diese Worte auf den Meinhardt-Mord bezogen, gab es für ihn nicht den geringsten Zweifel. Seines Wissens waren in der Stadt in den vergangenen Tagen nur zwei Menschen ermordet worden, und einer dieser Menschen war das Opfer eines rasend eifersüchtigen Ehemannes geworden, dem es kaum darum gegangen sein dürfte, seine Empfindungen während des Tötens zu erforschen. Nur weshalb hatte es Meinhardts Mörder nicht beim Töten belassen? Was hatte er *gefühlt*? Was hatte ihn veranlasst, so weit über den Akt des Tötens hinauszugehen?

Es begann zu regnen, erst sanft und geräuschlos, beinahe religiös, dann klatschten Regenschwaden gegen die Fenster. Glöckner nahm sich den Stadt-Anzeiger, der verwaist auf dem Nachbartisch lag. Er überflog die Artikel auf der Titelseite und vergaß deren Inhalt noch während des Lesens. Auf Seite acht fand er eine Todesanzeige, aufgegeben von den Rodenkirchener Rheinkadetten, die Abschied von ihrem langjährigen Mitglied Hans-Peter Meinhardt nahmen. Als er sich den eisernen Fernsehmann als Büttenredner vorstellte, musste Glöckner schmunzeln. Hans-Peter Meinhardt, Ritter des Humors. Schwer zu glauben.

Einem unbeschwerten Leben folgt ein beschwerter Tod. Wieder mäanderte dieser Satz durch seine Gedanken, und wieder erschloss sich keinerlei Zusammenhang. Vielleicht, dachte er, ging er den falschen Weg, wenn er nach der Aussage suchte, die hinter der Betonfüllung steckte. Vielleicht hatte der Beton ja nichts zu bedeuten. Vielleicht transportierte er keinerlei Botschaft. Vielleicht sollte damit nur ein wenig Verwirrung gestiftet werden.

Wie aus großer Ferne hörte er sein Handy klingeln. Bevor er abnahm, besah er sich lange die unbekannte Nummer im Display.

»Glöckner ... Wo haben Sie meine Nummer her ... Und wie kann ich helfen ... Sehen Sie, genau dafür haben wir eine Pressestelle ... Ich wiederhole: Die Kölner Polizei hat eine Pressestelle. Dort werden Sie von freundlichen Beamten auf den aktuellen Stand gebracht ... Nein, dazu werde ich jetzt gar nichts sagen ...«

Während ihm klar wurde, dass er sich nicht ewig vor einer Pressekonferenz würde drücken können, ließ der Regen nach. Er kam sich betrogen vor: erst diese dramatische Ankündigung, diese Verheißung auf ein Naturspektakel, und dann dieser schüchterne und enttäuschende Rückzug. Ganz offensichtlich war das Wetter ein Abdruck des Lebens, ein wolkenschweres, dunkles Faksimile.

»Bringen Sie mir einen Cognac, bitte!«, hörte er sich jetzt in Richtung Tresen rufen.

Er starrte auf sein Telefon.

Der Cognac kam.

*

Er starrte auf sein Telefon. Er rief bei »Reisefieber« an und ließ sich die Nummer von Christoph Dreyer geben. Er rief Dreyer an. Nach dem vierten Freizeichen nahm dieser ab.

»Haben Sie Hans-Peter Meinhardt getötet?«

»Was ... wer sind Sie?«

»Ludwig Glöckner, Kripo Köln.«

»Ich ... das ist doch lächerlich.«
Glöckner verabschiedete sich höflich und legte auf.

*

»Nur zwei kurze Fragen, Herr Glöckner«, rief die Reporterin mit schmerzend hoher Stimme.

Aufgefallen waren sie ihm schon unmittelbar, nachdem er das Café verlassen hatte, die anorektische Fernsehfrau, der hoch aufgeschossene Kameramann mit dem rasierten Schädel und der blondierte Jüngling, dessen genaue Funktion nicht erkennbar war. Glöckner verdoppelte seine Schrittfrequenz, und für einen Augenblick gelang es ihm, seine Aufmerksamkeit auf die Namen von Kleinunternehmen zu lenken, die über Geschäftseingängen oder auf vorüberfahrenden Transportern zu lesen waren. *Volvo-Schand* prägte sich ihm dabei besonders ein; der Name würde seine Sammlung von Kölner Namens-Kuriositäten glanzvoll ergänzen. *Schuh-Schwaeppe, Obst & Gemüse-Zaar, Bademoden-Horst, Kassen-Esser, Plissee-Becker, Schirm-Bursch, Sahne-Fischbach.* Nicht zu vergessen sein absoluter Favorit auf der Apostelnstraße: *Filz-Gnoss.*

»Eine Minute!«

»Nein, nicht jetzt.« Noch während er diese Worte aussprach, spürte er ihre Absurdität. Nicht jetzt. Aber wann denn sonst? Irgendwann musste er doch bekennen, dass er im Dunkeln tappte, und je früher er das tat, desto früher hätte es der Rest der Presse begriffen und würde ihn bis auf weiteres in Frieden lassen.

»Gibt es einen Verdacht?«

»Nicht jetzt.« Diesmal spürte er die Absurdität seiner ganzen Erscheinung, ein abgehalfterter, in seinen Ermittlungen feststeckender Polizeibeamter mit Eheproblemen, trotz seiner langjährigen Berufserfahrung ganz offensichtlich unbeholfen und unprofessionell, mit einem Gesichtsausdruck, der kaum beleidigter hätte sein können.

Die drei blieben hinter ihm, hartnäckig und zielbewusst. Noch einmal beschleunigte Glöckner seinen Schritt. Er verschwand im Olivandenhof, umkreiste dort hilflos-starren Blicks das Basement, um dann über die Richmodstraße in Richtung Gereonsviertel zu flüchten.

Als er sich umblickte, waren die drei verschwunden. Doch er konnte sich nicht vorstellen, dass sie aufgegeben hatten. Er behielt Recht, denn genau in dem Augenblick, da er seinen Schritt wieder verlangsamen wollte, sah er den polierten Schädel des Kameramannes aus der Menge ragen. Glöckner tauchte rechter Hand in eine Tiefgarage ein und lief vor den Kühlergrill einer Limousine, die in diesem Moment die Auffahrt heraufgeschossen kam. Der Fahrer des Wagens machte eine Vollbremsung, und Glöckner stand bewegungslos auf dem Asphalt, mit stockendem Herzschlag, die Arme ausgebreitet, und fragte sich, warum man so sehr am Leben hing, mit dieser lächerlichen Innigkeit.

Die Limousine schob sich an ihm vorbei, eine der blauschwarz getönten Scheiben öffnete sich einen unmerklichen Spalt, und jemand stupste einen Hundert-Euro-Schein ins Freie. Glöckner ignorierte das Geld, das vor seinen Augen auf den Boden torkelte, er stand einfach nur da und schaufelte Luft in sich hinein; sein Brustkorb hob und senkte sich wie der Bug eines Frachters bei schwerer See. Nach einer kleinen Weile ging er weiter und suchte Schutz hinter einer graffitiornamentierten Betonsäule.

»So sieht man sich wieder«, drang eine Frauenstimme aus der Tiefe des betonierten Raumes zu ihm.

Obwohl sie ihm bekannt vorkam, konnte er die Stimme zunächst nicht zuordnen. Er suchte das Halbdunkel mit den Augen ab, bis er an der Säule schräg hinter sich eine weibliche Silhouette entdeckte.

»Die Art und Weise, wie Sie hier auftauchen, lässt mich annehmen, dass Sie nicht gekommen sind, um Ihren Wagen abzuholen.« Gabriele Meinhardt trat kurz aus dem Schatten der Säule, hinter der sie sich versteckte. »Habe ich Recht?«

»Vollkommen«, sagte Ludwig Glöckner, wobei er versuchte, jegliches Zittern aus seiner Stimme zu verbannen.

*

Keine halbe Stunde später servierte sie in der Lindenthaler Villa schweren Rotwein, offenbar die Alkoholvariante für den frühen Nachmittag. Der Wein schien ihr in kürzester Zeit die Herrschaft über ihre Sinne zu rauben. Lasziv wie nur irgend möglich bewegte sie sich durch den Raum, sie lockerte ihre Kleidung, hier ein Knöpfchen, dort ein Bändchen, sie schenkte nach, weit über ihn gebeugt, sie wühlte kokett in ihrem Haar.

Selbst eingetaucht in tiefen Rotweinnebel, verspürte Ludwig Glöckner plötzlich einen sengenden Neid auf den toten Hans-Peter Meinhardt. Der Fernsehmann hatte mit einer solchen Frau in einem solchen Haus gelebt! Den Körper der nicht mehr ganz jungen Gabriele Meinhardt stellte er sich nicht nur attraktiver vor als den seiner eigenen Frau, sondern auch wohlriechender. Das Haar der Neuwitwe war in seiner Vorstellung geschmeidiger, die Muskeln ihrer Beine waren weniger definiert, die Wirbelsäule war gerader und der Körpergeruch am Ende eines heißen Sommertages weniger säuerlich.

Minutenlang versuchte er, sich den Sex mit ihr auszumalen. Er stellte sich vor, dass sie sich mit der aufrichtigen Grazie einer russischen Tänzerin entkleidete und sich dann mit der perfekten Dosis an Zögerlichkeit hingab, bevor erste Orgasmen sie zum Vibrieren brachten.

Sie sank jetzt neben ihn, ihr Glas wie eine Lebensversicherung umklammernd, und er verwarf jeden Gedanken an körperlichen Kontakt.

»Wieso hat Ihr Mann mit dem Schreiben begonnen?«, erkundigte er sich mit weingelähmter Zunge.

»Ich glaube, weil er einen Minderwertigkeitskomplex hatte.« Sie wartete, bot ihm Raum für einen Kommentar, und als dieser ausblieb, sprach sie weiter. »›Wenn ich lesen und schreiben könnte, wäre ich nicht beim Fernsehen‹, hat er irgendwann mal in einem Interview gesagt. Alle fanden das komisch, aber ich wusste, dass aus seiner Sicht in diesem Satz jede Menge Wahrheit steckte.«

»Haben Sie seine Romane gelesen? Ich frage mich, wie sich der immense Qualitätssprung erklärt.«

»Nein, nein.« Gabriele Meinhardt setzte ihr Glas ab, hob ihre Hände und errichtete damit pantomimisch eine Mauer zur Abwehr genau solcher Sätze. »Die beiden Romane sind einfach verschieden, und niemand kann sagen, ob ein Roman gut oder schlecht ist. Niemand kann wirklich etwas über seine Qualität wissen.«

»Haben Sie die Ihres Mannes gelesen?«

»Natürlich.«

»Und wie fanden Sie sie?«

»Erstaunlich. Aber als Ehefrau oder Partnerin ist es schwierig, zu einem Urteil zu kommen.«

»Verstehe«, sagte Glöckner, obwohl er es eindeutig nicht verstand. Ganz gleich, wie gut man den Verfasser kannte, man spürte doch, ob eine Arbeit etwas taugte oder nicht.

»Wie soll man das Werk eines Menschen vernünftig einschätzen, dem man eben noch versichern musste, dass die nässende Stelle auf seinem Rücken weder ein Karzinom noch die Bisswunde einer giftigen Schlange noch sonst etwas Tödliches war? Ich nehme an, das würde Ihnen ebenso schwer fallen.«

Was sie sagte und vor allem *wie* sie es sagte, erinnerte ihn gefährlich an Judith. »Ja, vermutlich«, gestand er.

»Wenn Sie einen Menschen in- und auswendig kennen« – sie nahm ihr Glas in die eine Hand, mit der anderen berührte sie seinen Oberschenkel, gute zehn Zentimeter oberhalb des Knies – »und dann ein Urteil zu dem, was er geschaffen hat, abgeben sollen, werden Sie schnell an die Grenzen Ihrer Autonomie stoßen. Sie werden, wenn Sie sich selbst nichts vormachen, sehr schnell feststellen, dass es mit der Souveränität Ihrer eigenen Meinung nicht weit her ist, und in dieser Notlage tun Sie gut daran, zu schweigen.«

Glöckner schwieg, in gewisser Weise eingeschüchtert.

»Wenn ich ehrlich bin, hätte ihn meine Meinung sowieso einen Scheißdreck interessiert. Meine Meinung war für ihn so maßgeblich wie die einer seiner Praktikantinnen.« Sie trank, wohl etwas zu hastig, verschluckte sich und konnte ihren Faden erst nach einem Hustenanfall weiterspinnen. »Wahrscheinlich war ich für ihn auch nichts anderes als eine Praktikantin. Zumindest hat er mich oft nicht viel besser behandelt.«

»Wieso haben Sie diesen Mann geheiratet?« Noch während des Sprechens bereute Glöckner diese Frage, die unverschämt, beleidigend und verkommen war. Genau dieses Wort taumelte durch seinen Kopf: verkommen. »Haben Sie ihn geliebt?«

»Ich habe es mir eine Zeit lang eingebildet.«

Ihre Schenkel berührten sich jetzt, und Ludwig Glöckner fand diese Berührung ordinär und gleichzeitig merkwürdig natürlich. »Er war Mitglied bei den Rheinkadetten?«

Gabriele Meinhardt nickte, ansonsten war ihr das Thema offenbar keinen Kommentar wert.

Er fischte das Foto mit der Metallklammer aus den Tiefen seiner Jacke. »Wissen Sie, was das ist?«

Sie zuckte mit den Achseln, dann schüttelte sie den Kopf. »Warum zeigen Sie mir das?«

»In der Hoffnung auf ein Wunder.« Er erhob sich und griff leicht schwindelnd nach seinem Jackett. »Wo finde ich die Rheinkadetten? Haben die so etwas wie einen Hauptsitz?«

Ein Schatten des Angewidertseins huschte über ihr Gesicht. »Außerhalb der Session treffen sie sich jeden ersten Dienstag im Monat im Dom Brauhaus. Acht Uhr. Also heute.«

Bleiben Sie doch noch ein wenig. Er ertappte sich dabei, auf diese Worte zu warten. Aber sie sprach sie nicht aus.

»Ich wünsche Ihnen viel Erfolg.« Plötzlich klang sie vorsichtig und pragmatisch.

*

Er wusste nicht mehr, wie oft er im Laufe dieses Tages versucht hatte, Judith zu erreichen. Zu oft jedenfalls. Er vermutete sie mit geröteten Augen in irgendeinem innerstädtischen Lokal, an ihrer Seite einen Typen, den sie gerade erst kennen gelernt hatte und der ihm gegenüber zwei gewaltige Vorteile besaß, nämlich a) nicht ihr Ehemann zu sein und b) nicht im Dienst der Polizei zu stehen. O ja, das musste ihr gefallen! Keine ermüdenden Geschichten von Totschlägern und Mördern, sondern Geschichten, deren Protagonisten unbescholten für die Städtischen Elektrizitätswerke arbeiteten. Geschichten von Menschen, die sich, nach ihrem schlimmsten Erlebnis befragt, einer vereiterten Angina im Februar des Jahres 1988 entsinnen würden.

Als er das Dom Brauhaus betrat, ermahnte er sich, unter gar keinen Umständen ein Glas Kölsch anzurühren. Noch schaukelten die Reste des nachmittäglichen Rotweins durch seine Blutbahn. Er schob sich auf einen Hocker am Tresen und versuchte, die Rheinkadetten auszumachen. Allein im linken hinteren Teil des Brauhauses fielen ihm vier größere Männerrunden auf.

»Ein Kölsch?«

»Gern.«

»Soll ich einen Deckel machen?«

Jetzt erst sah er sich die Frau hinter dem Tresen an: höchstens dreißig, sympathisches Übergewicht, kurzes, dunkles, nach hinten gegeltes Haar.

»Wird sich nicht lohnen«, sagte er. »Wissen Sie, wo die Rheinkadetten sitzen?«

»Ganz hinten rechts. Hinter der letzten Säule.« Die junge Frau unterstrich ihre Aussage mit geschmeidigen, fluglotsenähnlichen Armbewegungen.

Er begab sich zu ihnen, stellte sich höflich vor, sagte, er wolle nicht lange stören, schließlich wisse er, dass die Runde um eines ihrer Vereinsmitglieder trauere. Das Licht, das aus einem schweren Leuchter kam, war von einer frostigen Härte, sodass sich Glöckner sowohl herausgehoben als auch seltsam entblößt fühlte.

»Das ist schon ziemlich unheimlich«, sagte einer der Männer, rosahäutig, mit feinem Haar, durch das an verschiedenen Stellen die Kopfhaut schimmerte. »Ich meine, das mit dem Beton. Wer um Himmels willen tut so was?«

Noch einmal sah und hörte Glöckner, wie der gefüllte Oberkörper des Moderators nach vorn kippte und auf dem Tisch aufschlug. »Das wüssten wir auch gern«, sagte er.

Was dann folgte, war wie die umfassende Illustration des Begriffs Zeitverschwendung. Alles, was er aus dem Gespräch mit den Kadetten mitnehmen konnte, war, dass der bei seinen Arbeitskollegen nicht gerade populäre Hans-Peter Meinhardt hier offenbar sehr beliebt gewesen war, und das versetzte Glöckner doch in ein gewisses Erstaunen. Allerdings war ein gewisses Erstaunen als Ergebnis einer Befragung äußerst mager. Immerhin saßen hier zehn Männer – erst jetzt fielen ihm die zwei freien Stühle auf, wobei über der Lehne des einen ein dunkles Baumwolljackett hing –, die Meinhardt privat gekannt hatten und Ungewöhnliches durchaus hätten bemerken können oder gar müssen.

»Tja, dann bleibt mir wohl nur noch, Ihnen einen guten Abend zu wünschen.«

In diesem Moment, gerade als er sich zum Gehen wenden

wollte, vervollständigten sich die Rheinkadetten um ihr fehlendes Mitglied: Thomas Bugwenz.

*

Bevor er losfuhr, sah Glöckner in den Rückspiegel und entdeckte in seinem Gesicht nackte Ungläubigkeit. Er verstand sich selbst nicht. Bugwenz' plötzliches Auftauchen hatte ihn so sehr irritiert, dass er ohne jedes weitere Wort verschwunden war, leicht wankend, während sein Puls wild gegen die Innenseiten seiner Schläfen hämmerte. Die Schuld an diesem ungewohnten Souveränitätsmangel schob er Judith zu. Er wollte es sich bestimmt nicht zu einfach machen, aber er war dennoch überzeugt, dass es um seinen Kräftehaushalt besser stünde, wenn seine Frau weniger distanziert und trinkfreudig wäre. Ihre Unnahbarkeit, ihr ganzes Verhalten ging ihm allmählich an die Substanz.

Er drehte den Schlüssel im Zündschloss, legte den Gang ein und ging vorsichtig aufs Gas. Nach wenigen Metern bog er auf die Rheinuferstraße und verlor die Orientierung. Auch das war untypisch. Er sehnte sich nach Beistand, nach emotionalem vielleicht noch mehr als nach praktischem, und er war beinahe dankbar, dass in diesem Moment sein Handy klingelte. Es war Terjung mit einer Nachricht, die ihn unter normalen Umständen beglückt und euphorisiert hätte. Christoph Dreyer hatte den Mord an Meinhardt gestanden. Das zumindest kam akustisch bei ihm an, bevor er in den Rheinufertunnel einfuhr und die ohnehin schlechte Verbindung ganz zusammenbrach.

Wenig später im Präsidium, Auge in Auge mit Dreyer, hörte sich die Geschichte dann etwas anders an. Dreyer, der nervös an den Nägeln kaute und auch ansonsten den Eindruck machte, als hätte er eine mehrwöchige Geiselhaft hinter sich, hatte nichts zugegeben oder gestanden. Er war gekommen, weil er die Angst, unter Mordverdacht zu stehen, nicht mehr ertrug. Ausgelöst hatte diese Angst das Kurztelefonat mit Glöckner.

»Sie hatten mich gefragt«, sagte Dreyer und kratzte sich so heftig am Hals, dass ein schmaler Streifen Blut austrat, »ob ich Meinhardt getötet hätte.«

»Ich erinnere mich«, sagte Glöckner, über die Entwicklungen der letzten Minuten gleichermaßen enttäuscht und erleichtert. Erleichtert war er vor allem deshalb, weil Dreyer trotz seiner anstrengenden Hypertonie einen viel zu liebenswürdigen Eindruck machte, als dass man ihn sich in Handschellen auf den Weg nach Ossendorf gewünscht hätte.

»Und ich habe verneint.«

»Und ich habe Ihnen geglaubt.«

»Aber wieso?«, ächzte Dreyer und vergrub das Gesicht in der Höhle seiner Hände. »Hätten Sie mich nicht, ich weiß nicht, erst einmal verunsichern sollen?«

»Sie *sind* verunsichert.«

Dreyer nickte, schüttelte dann den Kopf.

»Wo waren Sie zur Tatzeit?«, fragte Glöckner.

»Sie machen sich über mich lustig.«

»Gott behüte. Ich hatte nur ein wenig das Gefühl, Sie fühlen sich als Verdächtiger nicht ernst genommen.«

»Nicht doch, nein.«

»Wollen Sie nicht nach Hause gehen und sich ein wenig entspannen?«

»Habe ich Grund, mich zu entspannen?« Dreyers Blick flehte um eine klare, gnädige Antwort.

»Was die Kölner Polizei betrifft, ja.«

Dreyer verharrte reglos, doch dann legte sich ein Ausdruck aufrichtiger Dankbarkeit auf sein Gesicht. »Dann gehe ich jetzt.«

»Soll Sie jemand fahren?«

»Nicht nötig.«

Terjung, der die ganze Zeit über zwar anwesend gewesen war, sich aber statuarisch im Hintergrund gehalten hatte, schob das Foto mit der Metallklammer auf den Tisch. »So was schon mal gesehen?«

Schmaläugig fixierte Dreyer das Foto; seine Haltung verriet ein Höchstmaß an Hilfsbereitschaft. »Nein, tut mir Leid – was soll das sein? Eine Metallklammer?«

*

Er konnte ihre Angst vor seiner Reaktion noch immer deutlich spüren, und das, obwohl sie diese Angst ganz offensichtlich schon mit einigem Alkohol bezähmt hatte. Sie saß zusammengekauert in der äußersten Ecke des Ehebettes, umgeben von einer Aura des Untergangs, während er den Türrahmen umklammerte und zu hören erwartete, dass sie ihn entweder wegen eines anderen Mannes verlassen würde oder unheilbar krank war.

»Bringen wir's hinter uns!« Heißer, brennender Schweiß rann seinen Nacken hinab.

Judith schluchzte. »Ich kann es nicht sagen.«

Glöckner zwang sich zu atmen. »*Du* wolltest mit mir sprechen.«

»Ich weiß«, sagte sie.

Das Licht der Straßenbeleuchtung presste sich durch die Jalousien und fiel in blassen, schmalen Streifen auf ihre nackten Beine. Sie zitterte. Auf ihren Wangen glaubte er, Tränen zu sehen, und er fragte sich, ob er zu ihr hinübergehen und sie in die Arme nehmen sollte.

»Sag mir, was los ist, bitte!«

»Du musst mir erst versprechen ...«

Er spürte, wie sich seine Gedärme zusammenzogen.

»... dass du nicht die Nerven verlierst. Versprich es!«

Schweigen. Etwas Angemesseneres gab es für ihn im Augenblick nicht.

»Versprich es!«

»Also gut.« Noch nie hatte er seine Frau so erlebt, so erschreckt, so leidend. Allein ihr silhouettierter Anblick im Halbdunkel jagte ihm Schauer des Horrors über die Haut. Er versuchte, in die Vergangenheit einzutauchen und dort, auf dieser traulichen Wiese, ein wenig Trost zu finden. Achtzehn Jahre lang waren sie immerhin glücklich gewesen. Mehr als die meisten anderen Paare. War das nicht ein Grund, dankbar zu sein?

»Ich hatte eine Affäre.«

Draußen, im Treppenflur, kläffte ein Hund. Ganz kurz knickte Glöckner in den Knien ein. Abermals war er außerstande zu sprechen.

»Hast du gehört?« In Judiths Stimme lag aufrichtige Besorgnis.

Er hatte es gehört. Es war laut und deutlich angekommen, als Satzklumpen, jedoch kaum in seiner Bedeutung. »Du hattest eine Affäre. Und sie ist vorbei, oder?«

Judith lachte kurz auf. »Ja, das ist sie.«

Im ersten Reflex wollte er nichts anderes als Eindruck schinden, und das hieß zu verzeihen. *Was ist schon so schlimm daran? Natürlich kann ich nicht behaupten, dass ich mich darüber freue, aber eine Affäre ist nicht das Ende der Welt. Lass uns erwachsen damit umgehen und kein großes Drama daraus machen.* Aber wieder brachte er kein Wort über die Lippen. Er spürte den Schock der Veränderung; nichts würde mehr so sein, wie es war.

»Sag was, bitte …«, flehte Judith.

»Wer war es?« Plötzlich sah er sie vor sich, seine nackte Ehefrau, reitend auf einem gesichtslosen Mann, den Kopf nach hinten geworfen, die Lippen zu ihrem berühmten samtigen Stöhnen geöffnet, das er so lange nicht mehr gehört hatte. »Ich will wissen, wer es war!«

Sie stand auf, ging zum Fenster, schob die Lamellen der Jalousie auseinander und starrte auf den wolkenverschmierten Dreiviertel-Mond. Sie blieb stumm.

»Wer war es?«

»Du solltest nicht anfangen, dich selbst zu demütigen.«

»Wer demütigt hier wen?«

»Es würde dich quälen«, sagte Judith, jetzt um therapeutische Sanftheit in ihrem Ton bemüht. »Davon abgesehen spielt es doch überhaupt keine Rolle.«

»Es würde mich also quälen«, sagte er schwindelnd. »Das heißt, ich kenne ihn?«

»Hör bitte auf! Du tust uns wirklich keinen Gefallen.«

Kaum noch gebremste Wut schäumte jetzt in ihm hoch, und zum ersten Mal seit einem längst vergessenen Vorfall vor über dreizehn Jahren verspürte er das Bedürfnis, sie zu schlagen. Er postierte sich einen Meter hinter ihr, jeden Muskel angespannt.

»Dreh dich um! Sieh mich an, wenn wir miteinander reden!«

Sie gehorchte zögernd. »Es war Meinhardt.«

Glöckner wankte, dann fiel er.

Der digitale Wecker auf dem Nachtschrank zeigte 23:57 Uhr.

NACHTSCHWESTER GUDRUN

Es war die Zeit, in der sich David mit Hilfe seines Zaubertranks immer häufiger in eine Antilope verwandelte. Er tat dies bevorzugt in den Steppen des südlichen Afrikas. Als Antilope nannte er sich Penelope. Er sprang mit seinesgleichen durch die dürre, ausgebleichte Landschaft. Das Leben war karg, aber es war kein unangenehmes Leben. Penelope und ihre Geschwister wussten, wo es das nahrhafteste Gras und das klarste Wasser gab. Ihren Jägern aus dem Tierreich war Penelope bisher immer leichtfüßig entkommen. Ebenso gekonnt war sie den Pfeilen und Gewehrkugeln der Menschen ausgewichen. Am meisten mochte sie es, Zielscheibe von trophäensüchtigen Touristen zu sein, die sich für ein paar Schwarz-Dollar das Recht erkauft hatten, auf alles zu schießen, was sich in der Steppe bewegte. Niemand würde Penelope jemals treffen.

Glöckner warf den Text auf den Boden. Es war unmöglich, ihn von der Affäre seiner Frau zu trennen.

»Du mieses Stück Fernsehscheiße!«, fauchte er und stampfte auf dem provisorisch gebundenen Skript herum, bis sich die ersten Seiten lösten. »Du willst, dass ich deinen Mörder finde? Such ihn doch selbst!«

Rasend vor Eifersucht und Verlustängsten begann er, den Tisch im Wohnzimmer zu umkreisen. »Warum soll ich jemanden hinter Gitter bringen, der die Menschheit von einem Haufen Scheiße wie dir befreit hat? Kannst du mir das verraten? Ich umarme deinen Mörder! Hörst du mich? I c h u m a r m e d e i n e n M ö r d e r !«

Er stoppte außer Atem und befühlte vorsichtig die Abschürfungen auf seiner Wange. Alles in allem hatte er bei seinem Sturz im Schlafzimmer Glück gehabt. Sein Kopf hatte im Fallen die Bettkante verfehlt, wenn auch nur um wenige Zentimeter, und außer den Abschürfungen im Gesicht und Prellungen an Schulter und Ellenbogen war ihm offenbar nichts geschehen. Nachdem er wieder zu sich gekommen war, hatte ihn Judith ins Bett verfrachtet, hatte sein Gesicht abgetupft, hatte ihm ein Glas Wasser gebracht, dann war sie gegangen. Um nachzudenken, wie sie sagte. Später hatte sie dann angerufen und mitgeteilt, sie würde für ein paar Tage in einem Hotel wohnen. Daraufhin hatte sich Glöckner in einen wiederkehrenden Wachtraum geflüchtet. Neben einigen Variablen enthielt dieser Traum als feste Größen ein namenloses Krankenhaus und Nachtschwester Gudrun, eine sanfte, goldhaarige Schönheit. Als er Gudrun in der vergangenen Nacht visualisiert und auf die Kante seines Krankenbettes gesetzt hatte, war sie ihm seltsam fremd und körperlos erschienen. Dennoch bekam er, was er wollte: diese berühmte Mischung aus mitleidvollem Verständnis und trostreichem Sex. Seinen Höhepunkt erreichte er auf eine so judithlose Art, dass es anschließend Minuten dauerte, bevor das Unheil seiner Ehe wieder in sein Bewusstsein drang. Doch dann presste dieses Unheil seinen Körper so schwer und schmerzhaft in die Matratze, wie es keine Betonfüllung der Welt vermocht hätte.

*

Früher Immobilienmakler, später dann Herausgeber der ebenso elitären wie erfolglosen Literaturzeitschrift »Der Schreiber« war Thomas Bugwenz nicht gerade stolz auf sein Engagement bei Kiepenheuer & Witsch. Nicht, dass er mit dem Verlag und dessen Profil gehadert hätte, eher im Gegenteil, nur litt er unter der Tatsache, dass er nicht länger sein eigener Herr war. Der Verlust der Autarkie machte ihn, so sah er es, zum Versager. Seit seiner Vertragsunterschrift bei KiWi fühlte er sich als Soldat in einem von Fremden befehligten Regiment. Er fühlte sich als halbwertiger Uniformträger. Daran änderte auch die Tatsache nichts, dass das Regiment und die Kaserne, in der es beheimatet war, im Grunde mehr als erträglich waren.

Doch es gab auch Tage wie den heutigen, an denen er mit seinem Job zufrieden war, Tage, an denen er sich hoch motiviert über ein Manuskript beugte und Sätze wie »Na, dann wollen wir mal« murmelte. Das Manuskript, das im Augenblick vor ihm lag, war das von Hans-Peter Meinhardt.

Aus Bugwenz' Sicht war die ganze Sache perfekt gelaufen. Meinhardt hatte einen vollständigen, äußerst passablen Text abgegeben und war aus dem Leben geschieden, bevor es eitle Streitereien um notwendige Änderungen geben konnte. Ja, auch »Heldenfluchten«, dieser durch und durch gelungene Roman, hatte die eine oder andere Korrektur nötig, sowohl sprachlich als auch inhaltlich. Wäre das einem Menschen wie Meinhardt zu vermitteln gewesen?

Für heute setzte er sich dreißig Seiten zum Ziel, eine Menge, die einem durchschnittlichen Arbeitstag entsprach. Seine Augen strichen Zeile für Zeile über das Papier, hüpften hin und wieder zurück, um schließlich wieder nach vorn zu springen. Nach einer Weile blieb Bugwenz an einem Satz hängen, den Meinhardt wiederholt eingesetzt hatte, um kryptisch auf ein späteres Ereignis zu verweisen. Für Bugwenz' Geschmack kam der Satz etwas zu häufig zur Verwendung, und er entschied, ihn diesmal zu streichen. Der Satz lautete: *Ich habe Hunger auf B.*

An den folgenden Passagen gab es nichts auszusetzen; der Text war flüssig, die Bilder entfalteten große Kraft. Bugwenz nickte zufrieden, und ein sanftes Lächeln überzog sein Gesicht, als er ein Kratzen an seiner Tür zu vernehmen glaubte. Er sah in die Richtung, wartete. Da er sich offenbar getäuscht hatte, tauchte er erneut in Meinhardts Text ein, der, wenn nicht das Zeug zum Megaseller, so doch gute Chancen hatte, ein kleiner Publikumserfolg zu werden. Wie fast immer würde es eine Frage des Marketings sein – und dabei würden die Prominenz und der ungewöhnliche Tod des Autors ganz gewiss ihre Rolle spielen.

Wieder glaubte er, ein Kratzen an der Tür gehört zu haben, und nur zwei Sekunden später war er sich ganz sicher.

»Kommen Sie rein!«, rief er.

Nach kurzer Zeit bedrückenden Wartens stand er auf, umkreiste seinen Schreibtisch und legte vorsichtig seine Hand auf die Türklinke. Was immer da draußen lauerte, sprach er sich Mut zu, musste zumindest äußerlich so viel von einem Menschen haben, dass es sich unbehelligt die Rondorfer entlangbewegen, den Verlag betreten und den Empfang passieren konnte. Er atmete tief ein, hielt die Luft an, dann drückte er die Klinke nach unten und stieß die Tür auf.

»Überraschung!« Alexander Piontek warf einen mächtigen Schatten auf die Wand hinter sich. »Nun stehen Sie nicht so da, so klein und bizarr! Richten Sie sich ein wenig auf, mein Bester, und bitten Sie mich herein!«

»Sie sind eine echte Plage, Piontek«, presste Bugwenz hervor. »Was kommt als Nächstes? Stehen Sie morgen neben meinem Bett?«

Kommentarlos schob sich Piontek an Bugwenz vorbei. Obwohl seit dem letzten Zusammentreffen mit dem Lektor noch keine vierundzwanzig Stunden vergangen waren, hatte sich sein Äußeres weiter verhärtet und verfinstert. Der ungebetene Gast kam inmitten des Büros zum Stehen und sah sich seelenruhig um.

»Nett haben Sie's hier, wirklich. Sieht ganz so aus, als hätten Sie's geschafft.«

»Wenn Sie in fünf Sekunden nicht verschwunden sind«, sagte Bugwenz mit dünner Stimme, »rufe ich den Sicherheitsdienst.«

Piontek trat ans Fenster und blickte hinaus in den Garten, der an die Villa grenzte. »Sie wissen so gut wie ich, dass es in diesem Haus keinen Sicherheitsdienst gibt.«

»Sie verlassen auf der Stelle mein Büro!«

»Und was, wenn ich es nicht tue? Wird der Herr Betrüger dann die Polizei rufen?«

Piontek grinste über seine Schulter, Bugwenz schloss die Tür ebenso vorsichtig, wie er sie geöffnet hatte, und für eine Weile sah es so aus, als stünden die beiden Männer vor einem Friedenspakt.

»Was glauben Sie mit Ihren provinziellen Auftritten zu erreichen?« Bugwenz änderte seine Taktik und tat so, als zeigten Pionteks Überfälle nur geringe oder gar keine Wirkung. »Nun, ganz offenbar sind Sie ein unflätiger Mensch, und wenn es mir in Ihrem Fall nicht völlig gleichgültig wäre, würde ich Ihnen raten, sich ein wenig zu kultivieren. Aber es ist mir gleichgültig. Nicht gleichgültig hingegen ist mir die Zeit, die während Ihrer Anwesenheit nutzlos verstreicht. Also bitte ich Sie abermals, mein Büro zu verlassen und mir die Möglichkeit zu geben, das zu tun, wofür ich bezahlt werde.«

Unbeeindruckt von Bugwenz' Ausführungen begab sich Piontek zum Schreibtisch. »Sie nennen mich provinziell?«

»Nicht Sie. Dazu kenne ich Sie zu wenig. Ihre Auftritte habe ich provinziell genannt.«

Piontek fixierte die Dinge auf dem Schreibtisch und nahm sich schließlich die obere Seite des Meinhardt-Manuskripts. »Sieh an, sieh an, der Herr Lektor-Betrüger streicht Sätze, wie es ihm gefällt.«

»Das ist Teil meines Jobs«, sagte Bugwenz, nahm Piontek die Seite aus der Hand und legte sie zurück auf den Stapel. Der säuerliche Geruch, der von seinem Besucher ausging, ließ ihn würgen.

»Sollte selbst ein Betrüger-Lektor das nicht nur in Absprache mit dem Autor tun?«, fragte Piontek.

»Der Autor ist tot«, entgegnete Bugwenz und trat zwei Schritte zurück.

»Oh, das erstaunt mich! Der Text macht einen so« – Piontek suchte nach den passenden Worten – »frischen und lebendigen Eindruck.«

»Hauen Sie endlich ab!«

Zu Bugwenz' Erstaunen gehorchte Piontek. In der Tür

jedoch hielt er noch einmal inne. »Vielleicht sehen wir uns das nächste Mal tatsächlich in Ihrem Schlafzimmer.«

*

Er hob den Kopf nicht, starrte konsequent auf die grasbewachsenen Fugen zwischen den Gehwegplatten und das erste feuchte Laub, das endgültig das Ende des Sommers ausrief. Auf eine Sache war er stolz, während er Marienburg verließ und in Richtung Chlodwigplatz trottete, und zwar darauf, die Fassung bewahrt zu haben. Das war ein eindeutiges Zeichen seiner Überlegenheit. Auf Bugwenz' kränkende Bemerkungen bezüglich seines Mangels an Kultur und Kosmopolitismus hätte man auch ganz anders reagieren können, mit einem energischen Gegenschlag beispielsweise, pointiert, ohne jede Nachsicht. Angriffsfläche bot dieser Mann schließlich genug; eimerweise hätte man Schelte und Hohn über ihn auskippen können. Oder aber man hätte ihm einfach seine arrogante Lektoren-Fresse einschlagen können. Jetzt fühlte er sich wahrscheinlich großartig, als Sieger. Und genau das sollte er, denn das würde ihn schläfrig und unachtsam machen.

Mit klammen Fingern fischte Piontek sein Handy aus der Jackentasche und wählte die Nummer seiner Freundin. »Hi, Mel ... In der Nähe von Kiepenheuer ... Reg dich wieder ab, er lebt schließlich noch ... Das ist mir doch egal. Soll ich vielleicht zu Hause hocken und zusehen, wie andere mein Leben versauen ... Beruhig dich, Mel ... Ich hab gesagt, du sollst dich beruhigen ... Na und, dann ruft er eben irgendwann die Bullen. Dann käme die Sache endlich auf den Tisch ... Nenn mich nicht infantil, du weißt, wie empfindlich ich darauf ... Weiß noch nicht, vielleicht trinke ich noch irgendwo einen Kaffee ... Bis dann.«

Er trottete weiter, trotz der frühen Tageszeit schon in

Versuchung, auf eine der gelbweißen Kapseln zu beißen. Vielleicht, so überlegte er, während Regen einsetzte und sich der Bürgersteig vor ihm leerte wie bei einem Fliegeralarm, würde er irgendwann einmal ein paar hymnische Zeilen über sie schreiben, die Segnungen der Pharmaindustrie.

Der Regen sickerte durch sein Haar und bildete Rinnsale auf seiner Kopfhaut. Er dachte über Mel nach. Mit ihrem funktionalen Denken, ihrer ganz und gar unpoetischen Nüchternheit machte sie ihm mehr und mehr zu schaffen. Diese Strenge, diese Bitterkeit, was ihn betraf. Wieso war sie eigentlich noch mit ihm zusammen, wenn er sie so in die Verzweiflung trieb?

Der Regen ließ nach. Piontek blieb stehen, vor einer Hausfront, auf der noch die verwaschenen Buchstaben eines alten Reklameschriftzugs zu sehen waren.

*

Es musste etwa ein halbes Jahr her gewesen sein, da hatte er schon einmal genau an dieser Stelle gestoppt. Damals, an einem dampfend schwülen Morgen, war ihm an dieser Hausfront ein Grüppchen Arbeiter aufgefallen. Zwei der Männer befanden sich auf einer Hebebühne und lösten eine Neonreklame aus den fünfziger Jahren aus ihrer Befestigung. »MAN TRINKT AQUAVIT« verkündete der Neonschriftzug letztmalig.

»Was passiert damit?«, rief Piontek den Arbeitern zu.

»Mit der Reklame hier? Keine Ahnung. Da müssen Sie den Hausbesitzer fragen.«

»Wissen Sie, wo ich den Mann erreichen kann?«

Der Hausbesitzer zeigte kein Interesse an diesem Stück Zeitgeschichte und überließ es Piontek für symbolische einhundert Euro. Ein Händedruck, zwei glückliche Männer.

Mel hingegen war weniger glücklich, als er seine sperrige

Neuerwerbung präsentierte. »Manchmal, Piontek, frage ich mich, wann du endlich erwachsen wirst. Wahrscheinlich hast du sogar noch einen Haufen Geld dafür bezahlt.«

»Keinen Cent«, gab er zurück. »Ohne mich wäre das gute Stück auf dem Müll gelandet.«

*

Krumm wie ein Hufeisen saß Ludwig Glöckner im Besprechungsraum, starrte auf die plastikbeschichtete Tischplatte vor sich und wartete auf die Ankunft seiner Männer. Er war ein Wrack, kaum mehr in der Lage, klar zu denken; immer wieder waren seine Gedanken mit stroboskopischen Bildern seiner vögelnden Ehefrau unterschnitten. Er konnte jedoch kaum zu seinem Vorgesetzten gehen und den dürftigen Ermittlungsstand mit seinen privaten Problemen erklären.

Berufliches und Privates trennen, den Hass auf Meinhardt ausblenden – konnte er das? Seine Ermittlungen durften Judiths Verhältnis zu dem Toten nicht ausklammern, und der Gedanke, mit ihr darüber sprechen zu müssen, lastete schwer auf ihm.

Für einen Moment erwog er, einen seiner Kollegen zu ihr zu schicken. Dann allerdings wäre seine Demütigung öffentlich. *Träger des Goldenen Geweihs ist in diesem Jahr … einen Augenblick …* – er sah vor sich, wie eine sandblonde Moderatorin im goldenen Ballkleid einen Umschlag öffnete und diesem eine Karte entnahm – *ist in diesem Jahr Hauptkommissar Ludwig Glöckner aus Köln!*

Als Erster betrat Terjung den Raum, und nur Sekunden später folgte Bormann.

»Wir sollten«, sagte der Mann mit den dauerhaft geröteten Augen nach einem knappen Gruß, »das Foto von der Eisenklammer veröffentlichen. Was haben wir zu verlieren?«

»Daran habe ich auch schon gedacht«, log Glöckner, dankbar für jede Form von Inspiration oder Hilfe. »Kümmerst du dich darum?«

»Sicher.«

»Wo ist Singer? Ich hatte elf Uhr gesagt.«

Synchrones Achselzucken.

»In Ordnung, lasst uns anfangen. Viel haben wir noch nicht, Männer: einen toten Chef, der lieber schreiben als beim Fernsehen arbeiten wollte, eine Redaktion, die ihren Chef nicht besonders mochte, eine Ehefrau, die sich kaum neutraler geben könnte ...« Neutral. Wie kam ausgerechnet er darauf, dieses Wort zu benutzen?

»Und einen Sicherheitsdienst«, ergänzte Bormann, »dem nichts aufgefallen ist.«

Singer trat ein, in der Hand einen dampfenden Becher Kaffee. Glöckner ignorierte ihn demonstrativ.

»Wir wissen, dass Meinhardt Romane geschrieben hat, und wir wissen, dass einer dieser Romane bei Kiepenheuer erscheinen wird. Was wir nicht wissen, ist, wie viel Energie wir bei den Ermittlungen auf das Schreiben verwenden sollen. Zumindest sollten wir es nicht völlig aus den Augen lassen.«

Terjung richtete sich abrupt auf, räusperte sich, als wollte er etwas sagen, doch noch bevor auch nur ein Wort über seine Lippen kam, winkte er ab und sank kraftlos zurück in seine alte Haltung.

»Raus damit«, forderte ihn Glöckner auf. »Alles kann von Nutzen sein.«

»Na ja, ich kann« – Terjung schickte einen scheuen Blick durch die Runde – »daran nichts Besonderes entdecken. Dass Prominente in einem gewissen Alter glauben, Kunst produzieren zu müssen, um ihre abgenutzte Einmaligkeit aufzupolieren, ist doch inzwischen normal.«

»Abgenutzte Einmaligkeit ...«, wiederholte Bormann und pfiff anerkennend durch die Zähne.

»Hitler zum Beispiel hat gemalt«, warf Singer ein, woraufhin die anderen drei verstörte Blicke tauschten.

»Ist es die Einfachheit der Aussage, die euch verwirrt?«

Glöckner entschied, diese Bemerkung zu übergehen, Terjung hingegen sprang wie ein Kampfhund darauf an.

»Mit Verlaub, das ist mit großer Gewissheit der dämlichste Vergleich, den man anstellen kann! Davon abgesehen hatte sich Hitler schon als junger Mann an der Kunstakademie beworben, und hätte er nur ein wenig mehr malerisches Talent besessen, wäre der Welt wohl einiges erspart geblieben.«

Singer setzte gerade zu einem Konter an, die Augen zu angriffslustigen Schlitzen verengt, doch Glöckner verbat sich mit entschiedener Geste die Fortführung dieses kleinen Scharmützels.

»Hier ist für jeden eine Kopie des Textes, den Meinhardt in seinen Händen gehalten hat, als er gefunden wurde. Ihr habt ihn alle schon gelesen, ich weiß, aber ich möchte, dass ihr es noch einmal tut, mit größter Aufmerksamkeit, am besten mehrmals hintereinander. Und morgen will ich hören, welche Gedanken euch dazu gekommen sind.«

Er verteilte die Kopien, dann erkundigte er sich bei Terjung nach Meinhardts Schwester. Immerhin, so berichtete Terjung, habe er sie inzwischen angetroffen. Sie hätte keinerlei Verdacht oder Erklärung, und überhaupt sei sie ihm sehr unbedarft und weltfremd vorgekommen. Bormann, unbeugsam in seinem Arbeitsdrang, schnitt seinem Kollegen mehr oder weniger das Wort ab und schlug vor, sich in den kommenden Tagen ausgiebig und ausschließlich um Meinhardts Privatleben zu kümmern.

Was Glöckner daran beunruhigte, war nicht der Vorschlag an sich, sondern die fanatische Unnachgiebigkeit in Bormanns Stimme.

»Natürlich muss sein Privatleben ausgeleuchtet werden, aber darum kümmere *ich* mich.« Glöckner sah aus dem Fenster, sah, wie graue Wolkenfetzen über den Himmel trieben. Und da er seinen Blick nicht abwendete, schienen es die Wolken zu sein, zu denen er im Folgenden sprach. »Also, wie fahren wir ansonsten fort? Terjung nimmt sich weiter Freunde, Kollegen und Verwandte vor. Bormann kümmert sich um die Herkunft der Metallklammern, darum und um nichts anderes. Und unser Sportsfreund Singer wird ein wenig in der beruflichen Vergangenheit des Toten wühlen. Unter anderem wird er sich im Filmarchiv des WDR alle ›Reisefieber‹-Ausgaben, an denen Meinhardt in irgendeiner Form Anteil hatte, ausleihen und sich diese ansehen. Minute für Minute. Man weiß nie, auf welche Überraschungen man dabei stößt.«

Zum ersten Mal gesehen hatte er sie vor fast achtzehn Jahren am Hauptbahnhof. Dank einer Hundertschaft Dortmunder Fußballfans, die zum Auswärtsspiel ihrer Mannschaft gekommen waren, war der Bahnhof an jenem Samstag ein wilder, kakophonischer Ort. Glöckner war da, um seine Mutter abzuholen. Der Regionalzug aus Solingen mit der alten Dame an Bord hatte inzwischen mehr als zwanzig Minuten Verspätung. Wenige Meter neben ihm wartete eine Frau ebenfalls auf den Zug aus Solingen. Er schätzte sie auf Ende zwanzig, und er konnte nicht aufhören, sie anzusehen. Ihre nur mühsam bezähmte Ungeduld oder ihre Art, auf die Uhr zu sehen – alles an ihr faszinierte ihn. Er wusste nicht viel über Frauen, aber doch genug, um sich der Exklusivität jener dort sicher zu sein.

Der einrollende Zug war das Fallbeil der Guillotine. Seine Mutter entstieg dem letzten Waggon. Anscheinend hatte sie während der Fahrt Bekanntschaft mit einer Frau ihres Alters geschlossen. Die beiden Damen verabschiedeten sich herzlich, dann steuerten sie auf ihre Lieben zu. Der Zufall wollte, dass sie in der überfüllten Bahnhofshalle erneut aufeinander trafen, und Glöckner sah, dass die Bekannte seiner Mutter zu der Frau auf dem Bahnsteig gehörte.

»Wo müssen Sie hin?«, erkundigte sich seine Mutter bei ihrer neuen Freundin. »Vielleicht können wir Sie ein Stück mitnehmen.«

Ludwig Glöckner fühlte Gnade und Schicksalhaftigkeit.

»In die Südstadt. In die Rolandstraße.«

Während der Fahrt sah er mehr in den Rückspiegel als auf die Straße. In der Rolandstraße verlangsamte er seine Fahrt auf Schrittgeschwindigkeit.

»Dort rechts«, sagte die Frau und beugte sich so weit nach vorn, dass ihr Atem über seinen Hals strich. »Das Gelbe mit der verschnörkelten Fassade.«

»Schön«, sagte Glöckner. »Und welche Etage? Nur aus Neugier …«

»Das Dachgeschoss.«

Ganz Kavalier trug er die Reisetasche der Mutter bis an die Haustür. Während der Verabschiedung schielte er auf das obere Klingelschild. »J. Darius« las er da und hatte alles, was er brauchte. Zu Hause angekommen, nahm er sich das angestaubte Telefonbuch, suchte den entsprechenden Eintrag, fand aber nur einen Jürgen Darius, wohnhaft in der Michelsbergstraße. Doch die Telefonauskunft, die er anrief, als sich seine Mutter im Bad etwas frisch machte, verzeichnete eine Judith Darius in der Rolandstraße.

Er rief sie am nächsten Tag an, sie trafen sich am übernächsten. Er wusste, er würde diese Frau heiraten; das war so unabwendbar wie das Driften der Kontinente.

Bei ihrer zweiten oder dritten Verabredung schlug Judith nach einem ausgedehnten Essen im »Haus Bogard« vor, noch ein Glas bei ihr zu trinken. Nachdem sie ihre Wohnung in der Rolandstraße betreten hatten, ging Glöckner ins Badezimmer, um seine Blase zu entleeren. Judith, nicht mehr ganz nüchtern, schlich sich vorsichtig an, drückte die Tür geräuschlos auf und postierte sich lässig im Türrahmen.

»Wie nennst du ihn?«, wollte sie wissen.

Glöckner fuhr erschrocken zusammen. »Schwanz«, sagte er nach kurzer Zeit des Nachdenkens. Dann schloss er seine Hose und wandte sich unsicher zu ihr um.

»Wenn ich einen besäße«, sagte sie, »würde ich ihn auch so nennen: Schwanz. Das Wort ist logisch. Es ist weder zu wissenschaftlich noch zu vulgär. Die Bezeichnungen für meine Naduweißtschon sind entweder das eine oder das andere. Mir ist noch kein Wort untergekommen, das ich gern oder wenigstens ohne Widerwillen benutzen würde.«

»Was ist«, Glöckner schluckte zweimal hintereinander, »mit –«

»Sag's nicht«, unterbrach sie ihn. »Ich ahne, was jetzt kommt.«

»Nun, es ist ziemlich schwierig, etwas einen Namen zu geben, das man nicht vor sich sieht.« Noch während er sprach, spürte er, wie das Blut aus seinem Kopf wich. Für Sekunden kämpfte er gegen eine Ohnmacht an. »Meinen letzten Satz«, fügte er wankend hinzu, »würde ich sehr gern zurücknehmen.«

»Nicht doch. Ich hab schließlich damit angefangen.«

Und was jetzt geschah, war für ihn so unwirklich, dass er bis zum heutigen Tag manchmal glaubte, es sich nur eingebildet zu haben: Judith schob ihren Rock nach oben, streifte ihren Slip ab und ließ ihn auf den Boden fallen. Dann ging sie ins Schlafzimmer, von wo aus ihre entschlossene Stimme zu ihm drang: »Kommst du? Wir haben einen Namen zu finden!«

*

Zu seiner Überraschung nahm sie diesmal ab. Sie meldete sich mit »Glöckner«, und er fand es äußerst absurd, seinen Namen aus ihrem Mund zu hören.

Aber natürlich, sie war seine Frau.

»Ich bin's.«

Judith atmete angestrengt. »Wie geht's dir?«

»Nicht besonders, wenn ich ehrlich bin.« Gern wäre er ein stolzerer Mann gewesen, aber in den vergangenen vierundzwanzig Stunden war seine Bereitschaft, sich zu erniedrigen, stetig gewachsen. »Kommst du zurück?«

»Gib mir ein paar Tage Zeit«, bat sie; in ihrem Ton schwang größtmögliche Unentschiedenheit.

»Ein paar Tage?«, fragte er, im Stillen entsetzt über seine Abhängigkeit von dieser Frau. »Was muss ich mir darunter vorstellen?«

»Drei, vielleicht auch vier oder fünf.« Jetzt klang sie doch ein wenig genervt. »Wir sollten uns erst einmal beruhigen.«

»Natürlich.« Er spürte, dass ihn die Kräfte verließen. Noch eine Minute länger, und er würde entweder erneut zusammenbrechen oder Beleidigungen in den Hörer schreien. »Wenn du mir sagst, wo du bist, könnte ich kurz –«

»In ein paar Tagen melde ich mich, ja?«

Wenn er nach diesem Telefonat eines mit Gewissheit wusste, dann dass er sie zu ihrem Verhältnis mit Meinhardt unmöglich selbst befragen konnte. Voller Ekel vor der eigenen Person ließ er sich ein heißes Bad ein; möglicherweise konnte man die erlittenen inneren Verletzungen ja herausschwitzen. Es war schon wundersam, dachte er, während das Wasser in den riesigen Bauch der Wanne plätscherte, dass man einerseits so verletzt und anderseits so vergebungswillig sein konnte.

In der Wanne, umspült von heißem Wasser, Badeschaum bis unters Kinn, konnte er Judith tatsächlich so weit von sich schieben, dass in seinen Gedanken Platz für die Arbeit war, Platz für Meinhardts betonschwere Leiche. Glöckner ahnte inzwischen, dass es wenig Sinn ergab, über ein Motiv nachzugrübeln. Stattdessen musste man sich über das Wie den Kopf zerbrechen. Nicht das Warum. Der Beton war der Schlüssel. Die Botschaft, die der Beton vermitteln sollte, würde zum Wer führen. Wer immer Meinhardt getötet hatte, war nicht von ihm gefeuert worden oder wollte seinen Job, wer ihn getötet hatte, war auf eine ganz spezielle Art mit ihm verbandelt.

Doch schon übernahm Judith wieder das Regiment über seine Gedanken, und er brachte für den Fall Meinhardt nur noch das distanzierte Interesse eines Buchhalters auf. Wo hatten sich die beiden Täubchen kennen gelernt? Obwohl ihr Brossig & Hornfeld, die PR-Agentur, für die sie tätig war, Zugang zur Gesellschaft verschafft hätte, betrat Judith kaum öffentliches Parkett. Sie verabscheute gesellschaftliche Anlässe geradezu. Was blieb dann noch? Eine Bar? Ein öffentliches Verkehrsmittel?

Sie musste befragt werden. Sie musste befragt werden,

zielbewusst, mit fester, souveräner Stimme, ohne Eitelkeiten, ohne störende Emotionen. Es durfte keinen Schutzraum wie seine instabile Gemütslage für sie geben. Ein anderer musste mit ihr sprechen, und seine Wahl fiel auf Terjung. Terjung hatte etwas Musterschülerhaftes, und seine Loyalität erreichte bisweilen beängstigende Ausmaße. Doch genau diese Loyalität ließ Glöckners Wahl auf ihn fallen, denn auf wessen Verschwiegenheit sollte man zählen können, wenn nicht auf die Stephan Terjungs.

Während der junge Beamte im nostalgischen Aufzug des Hotel Windsor auf der Von-Werth-Straße der vierten Etage entgegenschaukelte, dachte er darüber nach, wie schwer es seinem Chef gefallen sein musste, über die Untreue seiner Frau zu reden. Noch einmal hallten Glöckners eindringliche Worte in seinem Kopf wider. Bislang hatte er sich über das Privatleben seines Vorgesetzten kaum Gedanken gemacht, er war einfach davon ausgegangen, dass Glöckner mit seiner Frau glücklich war. Einen Grund, etwas anderes anzunehmen, hatte es nie gegeben.

Terjung betrat den teppichbespannten Flur, orientierte sich kurz und steuerte dann nach links, auf 402 zu. Nach mehreren Versuchen hatte er Judith Glöckner heute Mittag auf ihrem Handy erreicht und ihr mitgeteilt, dass er ihr einige Fragen zu Hans-Peter Meinhardt stellen müsse. Zunächst hatte sie jede Kooperation verweigert, doch seine Androhung, sie notfalls vorzuladen, hatte ihre Meinung schließlich geändert. Allerdings hatte sie eine Bedingung gestellt: Ihr Aufenthaltsort musste geheim bleiben.

Als er ihr Zimmer betrat, saß sie mit angezogenen Knien auf dem Bett und rauchte. Sie trug einen übergroßen Bademantel, der sich faltenreich in der Kuhle ihres Beckens staute. Ihr frisch gewaschenes Haar war streng nach hinten gekämmt. Der ganze Raum schien von Privatheit und Intimität geflutet, und Terjung drohte, daran zu ersticken. Verschüchtert starrte er auf Judiths nackte Füße, kaum noch in der Lage, sich der Gründe für sein Hiersein zu erinnern.

»Nehmen Sie doch Platz!« Sie deutete auf einen von zwei patinösen, ledergepolsterten Stühlen unter dem Fenster. »Sind Sie zu früh oder bin ich zu spät?« Sie fixierte ihn mit stechendem Blick. »Vielleicht sollten wir einen kleinen Spaziergang machen und im Stadtgarten oder sonst wo einen Kaffee trinken. Sie sind etwas blass, mein Guter. Ich habe den Eindruck, Sie fühlen sich hier nicht so ganz wohl.« Ohne eine Reaktion abzuwarten, stand sie jetzt auf und verschwand ins Bad.

Er hörte einen Fön, dann ihren Urin, der in die Toilette plätscherte, dann das Röcheln der Spülung, dann war es ein paar unwirkliche Sekunden lang absolut still.

»Wollen wir?« Und da stand sie, ungeschminkt, bekleidet mit einer verwaschenen Jeans, einer schlichten, weißen Bluse, darüber trug sie einen beigefarbenen Wollmantel. »Was sehen Sie mich so an?«

»Entschuldigen Sie. Ich war einfach nur in Gedanken.«

»Darf man erfahren, um welche Art von Gedanken es sich dabei gehandelt hat?«

»Besser nicht«, sagte Terjung, der Schwierigkeiten mit dem Atmen hatte. Er hatte sich lange nicht so sehr in der Defensive gefühlt wie in Gegenwart dieser Frau.

»Zu schade«, sagte sie, während sie zur Tür ging und die Hand auf die Klinke legte. »Da hat man *ein*mal die Chance, hinter die Stirn eines so jungen und männlichen Kriminalbeamten zu blicken, und dann ziert er sich wie ein Mädchen.« Ihr Blick verriet, dass sie längst wusste, was in seinem Kopf vorgegangen war. »Dabei waren Ihre Gedanken, wie ich annehme, alles andere als mädchenhaft.«

Draußen schlug ihnen ein feuchter Wind entgegen. Sie überquerten den Ring und mussten entscheiden, welchen Weg sie nahmen. Judith machte den Vorschlag, durch die Göbenstraße zu gehen; sie wollte ihm eines ihrer Lieblingshäuser zeigen.

Das Haus, von dem sie gesprochen hatte, war in der Tat kein Kölner Standard. Weder Altbau, wie man ihn aus der Südstadt oder dem Belgischen Viertel kannte, noch einer dieser nüchtern-funktionalen Neubauten, wirkte das gelbweiß getünchte Haus mit den vier weitläufigen Etagen wie ein Fremdkörper. Terjung, alles andere als ein Fachmann in Sachen Architektur, erklärte sich diesen Umstand durch die mediterrane Aura, die das Haus umgab. Aus Angst jedoch, sich mit einem unqualifizierten Kommentar zu blamieren, behielt er diese Erkenntnis für sich.

»Gefällt es Ihnen?«

»Natürlich. Allerdings finde ich, es sollte irgendwo am Mittelmeer stehen.«

»Sollten von diesen Häusern nicht viel mehr hier in Köln stehen? Das zumindest wäre die Variante, die ich bevorzugen würde.«

Terjung zuckte zusammen. Wieder hatte eine ihrer Wortgranaten neben ihm eingeschlagen, und allmählich rückten die Einschläge näher.

Die Sonne zog sich bereits zurück; der Tag schien vorzeitig zu altern. Im Stadtgarten angekommen, fühlte sich Terjung außerstande, eine Befragung durchzuführen, schon gar keine, die in intime Bereiche vordringen würde. Er sah Judith Glöckner an, und je länger er das tat, desto aufgedunsener, teigiger fühlte er sich. Sie war so schlank, so perfekt. Er versuchte, sich durch die Fotos an den Wänden abzulenken, überdimensionale Schwarzweiß-Bilder von einem Kleinkind, das auf diesen Bildern das komplette Spektrum der kindlichen Emotionalität durchlebte.

Judith, inzwischen vor einem samtschweren Rotwein sitzend, blähte mehrfach hintereinander die Nasenflügel. »Sie haben Fragen zu Hape?«

»Wo haben Sie ihn kennen gelernt?«

Eine Gruppe Männer – merkwürdig uniformiert, in Anzügen, die keinerlei Form besaßen und auch ansonsten den Eindruck machten, als hätten sie das Haus des Herstellers schon mit dem Vermerk »preisgesenkt« verlassen – betrat das Lokal.

»Weiberfastnacht im WDR.« Judith hob gleichmütig ihr Glas zum Mund.

»Schön.«

»Schön? Was ist los mit Ihnen? Sie sind so abwesend, so unkonzentriert.«

Terjung richtete seinen Blick in Richtung Bar. »Finden Sie?«

»Ich gebe Ihnen einen Rat: Sie schlüpfen einfach in die Rolle des Kriminalbeamten.«

»Wie soll ich das verstehen?«

»Nun ja, Sie stellen sich einfach vor, Kriminalbeamter zu sein und nicht ein potenter, launiger und dandyhafter Liebhaber, der ein Verhältnis mit der Frau seines Vorgesetzten hat.«

»Das sehen Sie falsch.«

»Tatsächlich?«

»Wusste Meinhardts Frau von ...«

»... seiner kleinen Liaison? Ich habe nicht die leiseste Ahnung.«

»Sind Sie ihr jemals begegnet?«

»Nein, niemals.«

»Wieso« – unvermittelt sprang Terjung auf, und alle Anwesenden erstarrten – »haben Sie mit diesem alten Mann gefickt?«

*

Harald Senscheidt, der seit mehr als zwei Jahrzehnten als Aufnahmeleiter in Diensten des Westdeutschen Rundfunks stand, wusste, auf die frisch vernähte Wunde an seiner linken Hand angesprochen, mitzuteilen, dass die neuen, im fernen Polen produzierten Mülleimer der Stadt äußerst scharfe Kanten hatten und bedauerlicherweise in so ungünstiger Höhe angebracht waren, dass sich ein entschlossener Fahrradfahrer wie er im Vorüberfahren leicht tiefe Fleischwunden zuziehen konnte. Außerdem erfuhr Ludwig Glöckner, dass Senscheidt ohne Onkel, dafür aber mit einer ganzen Armee männerhassender Tanten aufgewachsen war.

»Und, hat es mir geschadet?«

Glöckner lächelte. Da das Fernsehstudio noch immer nicht frei war und sich das Moderations-Casting für »Reisefieber« weiter verzögerte, hatte Glöckner Gelegenheit, sich noch ein wenig länger mit Senscheidt zu unterhalten.

»Wie läuft so ein Casting ab?«, erkundigte er sich, den Flur vor dem Studio wie ein Feldherr abschreitend.

»Wir tun so, als würden wir eine ganz normale Sendung fahren«, sagte Senscheidt. »Die Bewerberinnen bekommen die Themen der Sendung genannt, dann ziehen sie sich zurück, um die Moderation zu schreiben, und anschließend begeben sie sich in die Maske.«

»Und die Sachen, die sie tragen?« Glöckner genoss seine Blauäugigkeit, genauer, er genoss ihre seltene Legitimität. »Werden die vom Sender gestellt?«

Senscheidt, der in immer kürzeren Abständen auf seine Uhr sah, schüttelte den Kopf. »Nein, sind ihre eigenen.«

»Das Casting wird aufgezeichnet?«

»Jede Sekunde.«

»Damit später in Ruhe eine Entscheidung getroffen werden kann, richtig?«

»Richtig.«

»Wer hat den Termin festgelegt?«, fragte Glöckner, der sich, seit er von dem Casting wusste, sehr darüber wunderte, dass es zu einem so frühen Zeitpunkt stattfand. »Meinhardt ist noch nicht mal unter der Erde.«

Senscheidt zuckte mit den Achseln. »Keine Ahnung.«

»Wer macht den Auftakt?«

Die Augen des Aufnahmeleiters strichen über den Ablaufplan in seiner Hand. »Melanie Kamps. Ehemalige Volontärin. War während ihres Volontariats auch ein paar Wochen bei ›Reisefieber‹.« Er klang, als würde er aus einem psychiatrischen Gutachten zitieren. »Hatte was mit Meinhardt. Zumindest gingen die Gerüchte. Wen interessiert's? Auf jeden Fall hat er ihr am Schluss die kalte Schulter gezeigt. Auf unvergessliche Weise. Ein Meinhardt-Klassiker. So viel steht fest.«

*

Sie war noch keine dreißig, aschblond und trug ein Kostüm aus nachtblauem Leinen, die Jacke streng tailliert. Sie sagte, sie zöge es vor, außerhalb der WDR-Mauern mit ihm zu sprechen, und sie entschieden sich für einen Spaziergang am Rhein. Der Tag war warm und milchig, ganz wie es der lokale Wetterbericht vorhergesagt hatte. Auf dem Weg zur Promenade fühlte er immer wieder kleine Hitzeschübe, ausgelöst entweder durch Schlafmangel oder die junge Frau an seiner Seite. Nicht ohne Neid ging er neben ihr her; sie hatte eine Karriere vor sich, während seine auslief. Ihr Körper pulsierte vor Fruchtbarkeit, der seine war im Begriff, sich aufzulösen und wieder in den Kosmos einzureihen.

»Waren Sie mit dem Casting zufrieden?«

»Ich fand mich nicht gerade überragend. Zu verkrampft, zu spasmisch, wenn Sie verstehen. Und wenn man beim Interview dreimal dieselbe Frage stellt, nur leicht modifiziert, dann muss man sich nicht wundern, wenn der Studiogast irgendwann keine Lust mehr hat zu antworten.« Sie senkte den Kopf und schloss die Augen, als ob sie in Gedanken eine Wette mit sich selbst abschlösse, dass den Job jemand anderer bekommen wird.

Als sie die Promenade erreicht hatten, steuerten sie auf die Rodenkirchener Brücke zu, und Glöckner war erstaunt über die Ausgefallenheit und den Farbenreichtum des flanierenden Volkes. Er erblickte Afrikaner, Asiaten, Europäer und Amerikaner. Er sah einen Mann auf einem Einrad und eine Frau, die einen breitkrempigen Hut mit Früchten trug, die so echt aussahen, dass sie es vermutlich waren. Er sah einen Mann mit drei Kameras um den Hals. Breiter ostdeutscher Dialekt drang in sein Ohr, Bratwurstgeruch kroch in seine Nase. Er hörte, wie hinter ihm jemand hustend seine Lunge entschleimte und den Schleim dann platschend auf das Pflaster spuckte. Und genau in dieser Sekunde geschah etwas mit ihm, etwas Überraschendes, etwas, das sich dem Kontext entzog, das aus dem Zusammenhang flutschte wie ein Stück nasse Seife. Zunächst schien es nur ein Gedanke zu sein, doch Glöckner begriff schnell, dass es mehr war als nur das. Es war eine Antwort, eine Antwort auf das, was Hans-Peter Meinhardt ihm angetan hatte. Was Meinhardt konnte, konnte er selbst schon längst: vögeln mit der Frau eines anderen Mannes.

Ja, er konnte es auch.

Und er würde es tun.

Und er würde es ... jetzt halt dich fest, toter Mann! ... mit Gabriele Meinhardt tun.

Auge um Auge!

»Sie haben gehört, dass Meinhardt und ich in der Vergangenheit nicht gerade ein Dreamteam waren, habe ich Recht?« Mit ihren Worten holte ihn Melanie Kamps zurück ins Hier und Jetzt. »Das ist leider wahr. Es hat reichlich geknirscht im Kamps-Meinhardt-Getriebe.«

Eine ganze Reihe von Fragen tanzte durch Glöckners Kopf, doch erst einmal galt seine Aufmerksamkeit einem Graffito auf der nicht mehr fernen Brücke. »Beton hilft« stand da auf dem grünrostigen Stahl. »Lesen Sie dort vorn dasselbe wie ich?«, fragte er und deutete auf den Schriftzug.

»Auf der Brücke? ›Beten hilft‹.«

»*Beten*, natürlich«, stöhnte Glöckner. Jetzt konnte er sich nicht einmal mehr auf seine sinnliche Wahrnehmung verlassen. Als sei der Verlust von Souveränität und körperlicher Widerstandskraft nicht schon schmerzvoll genug.

»Wie lange ist es her, dass Sie beim WDR volontiert haben?«

»Drei Jahre«, sagte sie.

»Warum sind Sie nicht im Sender geblieben?«, fragte er. »Es musste ja nicht ›Reisefieber‹ sein.«

»Einerseits wäre ich gern geblieben, andererseits hat die Geschichte mit Meinhardt so tiefe Wunden gerissen, dass ich erst einmal so weit wie möglich weg wollte.« Sie wandte sich nach links und stützte sich beidhändig auf das Geländer, das Rhein und Promenade trennte. Dann schilderte sie ungefragt den Albtraum, den sie durchlebt hatte. Dutzende Male war sie offenbar von Meinhardt vor versammelter Mannschaft beleidigt und gedemütigt worden. Den Gipfel erreichten die Erniedrigungen, als sie – eine Frau mit einem abgeschlossenen Politik- und Slawistik-Studium – für einen Osteuropa-Experten, der in einem Stau feststeckte, als Studiogast einsprang. Im Studiogespräch ging es um die Entwicklung in den ehemaligen Sowjetrepubliken, die nun der EU beitreten wollten. Speziell ging es um die Fortschritte in den dortigen Tourismus-Branchen. Meinhardt ließ der verunsicherten Volontärin keine Chance. Sie kam kaum zu Wort, und wenn doch, wurde sie mit Halbwahrheiten und jeder Basis entbehrenden Spekulationen korrigiert. Meinhardt tat das mit einer solchen Arroganz, dass sie den Tränen nahe war. Unübersehbar den Tränen nahe. Vor laufender Kamera.

War es das, fragte sich Glöckner, was Harald Senscheidt mit der unvergesslichen kalten Schulter gemeint hatte? »Hätte man das Interview nicht wiederholen können? Die Sendung ist doch eine Aufzeichnung.«

»Schon«, stimmte Melanie Kamps zu. »Aber Meinhardt hat eine Wiederholung abgelehnt.«

Sie tat ihm Leid. Was für eine Schmach musste das gewesen sein. Er besah sich ihre Hände, die das Geländer jetzt umkrallten, und fragte sich, ob diese Hände töten konnten.

»Wie haben Sie auf Meinhardts Tod reagiert?«

»Was glauben Sie? Ich hab mir nicht gerade die Augen ausgeheult.« Hatte sie bis hierher trotz aller Animositäten zwischen ihr und dem Toten den Eindruck erweckt, sie hätte ihm in gewisser Weise vergeben, legte sich nun der gallig kampfbereite Ausdruck eines Profiboxers auf ihr Gesicht. »Wer immer es getan hat, kann zu mir kommen und sich eine Belohnung abholen.«

Verschiedene Möglichkeiten der Belohnung fielen Glöckner ein: Geld, Geschlechtsverkehr, ein Wochenende auf dem Ponyhof. Und dann kam ihm der Gedanke, dass der Mörder seinen Lohn bereits erhalten haben könnte. Männer, beispielsweise aus Osteuropa, die zu moderaten Preisen Aufträge aller Art erledigten, waren in einer Stadt wie dieser nicht schwer zu finden.

»Wann fällt eigentlich die Entscheidung, wer die Sendung künftig moderiert?«

»Ich denke, sobald Verheyen zurück ist.«

»Hatten Sie eine Affäre mit Meinhardt?«

»Wer hat Ihnen das erzählt? Senscheidt?«

»Hatten Sie?«

»Der Mann war nun wirklich nicht mein Fall.«

Aber der seiner Frau offenbar.

*

Nur zu genau erinnerte sich Judith Glöckner an diesen speziellen Mittwoch vor gut fünf Monaten. Sie hatte sich den Wagen genommen, obwohl sie wusste, welche Folgen das haben konnte. Die erste Wärme des Jahres kroch in die ausgekühlten Winkel der Stadt. Ein Tag zum Durchatmen, zum Hoffnungschöpfen. Anfangs wollte sie nur ein wenig mit den Wagenschlüsseln spielen, dann ein wenig hinter dem Steuer sitzen und Musik hören, sonst nichts. Unter gar keinen Umständen würde sie auf die Idee kommen, den Motor zu starten.

Als sie unbestimmte Zeit später ausparkte, hatte sie jeden Gedanken an mögliche Folgen beiseite gewischt. Sie fuhr zum Neumarkt, dann über die Deutzer Brücke, wendete direkt hinter der Brücke und fuhr zurück in Richtung Zentrum. Sie genoss das Hochgefühl, das ihr das Fahren verschaffte. Vor ihr fuhr ein Mercedes 500 SEL, ein elegantes Fahrzeug mit dunkelgrünem, heißwachsgepflegtem Lack, und da sie außer dem Fahren selbst kein Ziel hatte, folgte sie ihm. Der Wagen passierte Neumarkt und Rudolfplatz, bog kurz darauf erst in die Brüsseler, dann in die Maastrichter ein und rollte dort schließlich ins Untergeschoss des Parkhauses in der Nähe des Rings. Judith blieb dran, als wollte sie den Wagen beschatten. Da sie keinen anderen freien Platz fand, parkte sie abschüssig am linken Rand der Ausfahrt, zwischen einem schwarzen Lexus und einem VW-Transporter. Sie blieb sitzen, ließ einfach die Zeit verstreichen. Sie fühlte sich vollwertig, nicht mehr amputiert. Autos kamen und fuhren wieder weg. Niemand bemerkte sie hinter den Scheiben ihres Passats. Judith verlor jedes Zeitgefühl, und als sie den Motor wieder startete, fiel draußen bereits die Nacht auf Köln herab wie ein großes schwarzes Laken. Sie legte den Gang ein, doch anstatt nach vorn zu fahren, rollte der Wagen auf der abschüssigen Ausfahrt-Rampe ein Stück zurück – und noch im selben Moment hörte sie einen Schrei, der gespenstisch zwischen den Betonwänden widerhallte. Zunächst war sie keiner Reaktion fähig, dann trat sie entschlossen aufs Gas, sodass der Wagen, als sie endlich den Fuß von der Kupplung nahm, einen entschlossenen Satz nach vorn machte.

Sie stieg aus, zitternd, wankend. Der Mann, den sie zwischen ihrem Wagen und dem Lexus hinter sich eingeklemmt hatte, hielt sich schmerzstöhnend das linke Knie.

»Soll ich einen Arzt rufen?«, brachte Judith mit hämmerndem Puls hervor. Sie kannte den Mann, auch wenn sie zunächst nicht wusste, woher. »Brauchen Sie einen Arzt?« Schemenhaft nahm sie jetzt eine Frau wahr, die aus den Tiefen des Parkhauses hinzugetreten war.

Der Mann antwortete mit einer Geste, der es an Klarheit fehlte. Er richtete sich auf, stützte sich mit beiden Händen auf Judiths Kofferraum und legte den Kopf so weit in den Nacken, dass sein Adamsapfel eindrucksvoll hervortrat und an einen verschluckten Golfball erinnerte.

Jetzt erst wagte Judith, auf sein Knie zu sehen. Äußerlich gab es keine Anzeichen für eine Verletzung. »Wir können Ihnen einen Arzt rufen …«

Der Mann winkte ab. Seine Augen tränten, und noch immer war sein Gesicht zu einer Grimasse des Schmerzes verzerrt. »Aber wehe, man behauptet«, presste er schließlich hervor, »Frauen am Steuer seien ein Verderbnis.« Er versuchte, sein Knie zu belasten, und es schien zu funktionieren. »Bin ich unsichtbar, oder warum haben Sie mich nicht gesehen?«

Die andere Frau, die die ganze Zeit wortlos neben der Szene gestanden und nervös mit ihren Haarspitzen gespielte hatte, räusperte sich jetzt. »Sie kommen dann ja wohl alleine klar, oder?«

»Lassen Sie mir Ihre Karte da?«, bat der Mann. »Falls ich eine Zeugin brauche ...«

Zeugin. Das Wort jagte Judith einen Angstschauer über den Körper.

»Und wir beide«, sagte der Mann, nachdem die Frau ihre Karte überreicht und sich entfernt hatte, »werden jetzt wohl eine Streife rufen. Möglich, dass wir unser Soll damit übererfüllen, aber man kann nie wissen, welche Spätfolgen solch ein Unfall hat, nicht wahr?« Mit demonstrativ banger Miene befühlte er abermals sein Knie.

»Können wir uns nicht ohne Polizei einigen?«, fragte Judith, ihre Stimme dünn wie ein Faden.

»Gibt es sonst Prügel zu Hause?«

In diesem Moment erkannte sie in dem Mann den Moderator von »Reisefieber«. »Was sagen Sie?«

»Oder hat Madam keine Versicherung?«

»Keinen Führerschein.«

»Keinen Führerschein.«

»Vorübergehend.«

»Und wie gedenken Sie, die Sache aus der Welt zu schaffen?«, fragte Meinhardt, während sie von dem SEL, der auf Judith diese folgenschwere Sogwirkung gehabt hatte, passiert wurden.

Sie zögerte. »Aber Ihnen fehlt doch nichts, oder?«

»Dass mir nichts fehlt, ist zunächst nichts anderes als Ihr Wunsch.«

»Ich verstehe nicht.«

»Nun« – Meinhardt ließ sich einige sadistische Augenblicke lang Zeit, ehe er weitersprach – »da wir bei der Bereinigung dieser Angelegenheit offenbar einen Weg außerhalb der üblichen gesetzlichen Regelungen gehen werden, frage ich Sie, auf welche Weise der entstandene Schaden wieder gutgemacht werden soll. Was schwebt Ihnen vor?«

Ganz allmählich begann Judith zu verstehen. »Was schwebt *Ihnen* vor?«, fragte sie, hoffend, Meinhardt leide an etwas wie vorübergehendem, schmerzinduziertem Wahnsinn.

»Ein kleines Treffen auf wohlriechenden Laken.«

Sie wusste nicht, ob es seine Prominenz oder das wirklich irritierende Ausmaß seines Frauenhasses war, das sie daran hinderte, ihm die Dinge ins Gesicht zu schleudern, die zu hören er ohne jeden Zweifel verdiente. Sie konnte es nicht. So sehr sie es wollte. Sie musste sich im Gegenteil sogar eingestehen, dass sie so viel Selbstherrlichkeit, wie sie dieser Mann an den Tag legte, nicht ganz kalt ließ.

Er warf einen Blick auf das Nummernschild des Passats, dann reichte er ihr seine Karte. »Rufen Sie mich an!«

*

Judith Glöckner, Frau eines Polizisten und Ex-Geliebte eines TV-Moderators, saß allein an einem Ecktisch in der Bar Tabak. Soeben hatte sie sich ihren zweiten Rotwein bestellt, einen soliden Cabernet. Das Lokal war allenfalls zur Hälfte gefüllt. Eigentlich hatte Judith – nachdem sie sich zu Hause ein paar frische Sachen geholt hatte – zum Ring gehen und sich dort ein wenig zerstreuen wollen. Es war der Tag des Marathons. Eine Veranstaltung dieser Größenordnung bot beste Gelegenheit, sich unters Volk zu mischen und wenigstens für kurze Zeit an etwas anderes zu denken als an kräftezehrende Ehemänner und tote Liebhaber. Dennoch fand Judith die Tatsache, wieder einmal nicht weiter als bis zur nächsten Lokalität gekommen zu sein, kaum überraschend. Sie musterte ihr Bild auf der spiegelnden Wölbung eines Kaffeelöffels. Sah sie tatsächlich so aus? So matt und aufgedunsen? Müde ließ sie den Löffel sinken. Nach dem Horror der vergangenen Tage war das Letzte, was sie wollte, daran erinnert zu werden, dass dieser Horror längst seine Spuren hinterlassen hatte.

Sie empfing ihren Wein wie ein lang ersehntes Geschenk. Sie ließ die ersten Tropfen auf der Zunge zerlaufen und dachte voller Grauen an ihr Zimmer im Windsor. Es mochte noch so verträumt, noch so atmosphärisch sein, aber allmählich löste es Klaustrophobie aus. Judith nahm einen kräftigen Schluck, und plötzlich erhob sie sich über die Aachener Straße. Sie schwebte über die Dächer hinweg bis zum Rudolfplatz. Das Heer der Marathon-Läufer weit unter sich, beschloss sie, ihrem alten Haus in der Südstadt einen Besuch abzustatten. Danach flog sie zum Stadtwald. Bauschige Dunstfelder federten ihren Flug. Sie vollführte in der Luft stilvolle Pirouetten, drehte wilde Salti.

»Noch einen Wein?«

»Gern. Oder nein, warten Sie, ich würde lieber zahlen.«

Während der Kellner zur Kasse ging, um die Rechnung zu holen, nahm Judith ihr Handy. Sie wählte, wartete. »Hi, ich bin's. Wir müssen uns sehen ... Mir egal, was wir abgemacht hatten ...«

*

Fehlender Schlaf und Liebesentzug waren eine auszehrende Mischung. Bei jedem Schritt spürte er die kleinen Explosionen im Hinterland seiner Psyche. Er war angeschlagen, nur einen halbherzigen Schlag vom Knock-out entfernt. Ein

Kind hätte ihn zu Boden strecken können. Der Blick eines Passanten. Eine Frau, die Judiths Parfüm trug. Er trottete vorwärts mit kaum noch vorhandenem Körperbewusstsein, im Kopf nichts als das dumpfe Aufeinanderprallen ohnmächtiger Gedanken. Sein Äußeres hatte begonnen, sich seiner Verfassung anzupassen. Er war unrasiert, sein Haar, fettglänzend und schuppig, hatte eine Länge wie seit Jahren nicht, und unter seinen Fingernägeln fanden sich dunkle Sicheln.

Feuchte Blätter sprenkelten den Bürgersteig und schmatzten an seinen Schuhsohlen. Bevor er die Dürener verließ und in Richtung Stadtwald abbog, warf er noch einen träumerischen Blick auf die Shell-Station am Lindenthalgürtel. Vor ein paar Jahren, als er und Judith noch um die Ecke in der Wittgensteinstraße gewohnt hatten, hatte er den gemeinsamen Bedarf an Nahrungs- und Genussmitteln fast ausschließlich in dieser Shell-Station gedeckt. »Was hast du eigentlich gegen stinknormale Supermärkte?«, pflegte sich Judith zu ereifern. »Irritieren dich die Öffnungszeiten? Kauft man da, wo du herkommst, Lebensmittel nicht bei Tageslicht? Wenn dich ein größeres Angebot und niedrigere Preise irgendwie in Bedrängnis bringen, kannst du natürlich weiter zu deiner geliebten Shell-Tankstelle gehen. Ich werde dich nicht daran hindern, mein Bester. Aber du würdest mich trotzdem glücklich machen, wenn du nur ein einziges Mal überschlägst, wie viel Geld du Monat für Monat zum Fenster rauswirfst.« Üblicherweise ließ sie an dieser Stelle einen ausgedehnten Seufzer folgen, ehe sie zuverlässig einen ihrer Klassiker servierte: »Wann bist du zufrieden? Wenn sie eine Zapfsäule nach dir benannt haben?«

Lindenthal, die Tankstelle und vielleicht sogar seine Ehe gehörten der Vergangenheit an. Voller Wehmut näherte er sich der Meinhardt-Villa. Zu diesem Zeitpunkt hätte er nicht mehr mit Bestimmtheit sagen können, weshalb er es unbedingt für notwendig erachtet hatte, Gabriele Meinhardt abermals aufzusuchen. Vergeltung an ihrem Mann? In Form von Sex? Längst hatte er diese lächerliche Idee verworfen.

Er stoppte und wollte plötzlich nichts als schlafen. Ausgeruht würde ihm die Welt anders erscheinen, nicht glanzvoller, schon gar nicht friedlicher, aber gewiss ein wenig übersichtlicher. Schlafen. Schlafen. Zwei Wölkchen schwebten über ihm, so einladend bauschig, dass sie ihm wie ein Affront vorkamen.

Wie unter Zwang wanderte sein Blick in Richtung Herderstraße und verfing sich an der Fensterfront des Limit, einer Kneipe mit einer großzügigen Empore und einer engen, geschwungenen Bar, die eine furchteinflößend große Auswahl an Spirituosen bot. Das Limit verfügte über sieben kerzenerleuchtete Holztische, allesamt auf der Empore verteilt. Unten, gegenüber der Bar, waren drei runde Stehtische platziert. Licht aus zwei schweren Leuchtern. Gegen eine Säule gelehnt eine Tafel mit dem Tagesangebot an Speisen. So zumindest hatte er das Limit in Erinnerung.

Mit aller Macht zog es ihn jetzt hinein. Den Kopf tief zwischen den Schultern versenkt, ging er auf den Eingang zu, und er wollte gerade die Tür aufstoßen, als er Gabriele Meinhardt erblickte. Sie saß plaudernd auf der Empore. Obwohl erst früher Nachmittag war, schenkte sie ihrem Gegenüber, das von einer Säule verdeckt war, Rotwein nach. Nur sehr verschwommen nahm Glöckner wahr, dass es das Limit aus seiner Erinnerung nicht mehr gab. Offenbar hatte der Besitzer gewechselt; Türkistöne hatten das gebrochene Weiß an den Wänden ersetzt, die Fünfziger-Jahre-Emailleschilder waren gegen eine verkitschte Serie von Monroe-Fotos ausgetauscht worden. Glöckner wich zurück und beugte sich etwas nach links, um zu sehen, mit wem Gabriele Meinhardt am helllichten Tag becherte.

Und da saß sie.

Judith. Seine Frau.

*

Hatte er die beiden Frauen wirklich zusammen gesehen? Vielleicht litt er ja inzwischen unter Halluzinationen, eventuelle Folge einer verwirrend großen, nicht mehr zu verdauenden Anzahl an schlechten Nachrichten. Glöckner begab sich zurück in den Stadtwald und ließ sich dort unweit der Meinhardt-Villa auf ein Stück Wiese sinken. Sollte er die beiden stören? Sie zur Rede stellen?

Durch seine Hose hindurch spürte er die Feuchtigkeit des Untergrunds. Er fühlte sich einsam, verstoßen und entsann sich der Geschichte mit Kalten Baumann, die vor nunmehr dreißig Jahren in der Schule neben ihm gesessen hatte. Kalten, eine zierliche Blondine mit chronischem Reizhusten und einer rekordverdächtigen Anzahl an Allergien, verdankte ihren Vornamen dem Umstand, dass sich ihre Eltern im gleichnamigen Ort nahe der luxemburgischen Grenze kennen und lieben gelernt hatten. Von der ersten Sekunde an fand er sie wundervoll. Kalten genoss seine Komplimente, genoss, wie er sich um sie bemühte, ging ein paar Mal mit ihm aus, um ihm eines Abends zu versichern, er sei der sympathischste Junge, den sie in den letzten Jahren getroffen habe. Bis dahin hatte es keinerlei körperliche Berührung gegeben. Dass es auch zukünftig keine geben würde, musste Glöckner begreifen, als ihn Kalten irgendwann zur Seite nahm, um von ihm zu erfahren, wie er ihre Chancen bei einem Teenager namens Günther einschätzte. »Glaubst du, er mag mich? Sag schon! Ich muss wissen, was du denkst! Ich persönlich glaube, dass er mich mag. Aber glaubst du, er wird mich immer noch mögen, wenn ich ihm die ganze Nacht die Ohren voll gehustet habe? Könntest du ein Mädchen lieben, das dir die ganze Nacht die Ohren voll hustet?«

Und ob er es gekonnt hätte.

In seinem Kopf begann sich jetzt ein surreales Karussell zu drehen. Worte, Gesichter, Geräusche verbanden sich zu einer Art Reigen im Inneren seines Schädels, einer Art lebendigen Ring, und dieser Ring nahm mehr und mehr Geschwindigkeit auf, bis hin zur totalen Verzerrung seiner Elemente. Textfetzen blinkten wie Neonreklamen im Inneren des Rings auf. Zum Beispiel: *Wir kennen die Ansicht der Tiere zu dieser Frage nicht.* Jemand löste sich aus dem Ring. Glöckner erkannte Melanie Kamps. »Ich habe ihn getötet«, sagte sie und zog sich wieder in den Ring zurück. *Sie durchziehen die Natur nicht mit Beton und sie stehlen nicht.* Die Rodenkirchener Rheinkadetten schlossen sich zu einem Männerchor zusammen. »Wir waren es«, sangen sie. »Wir haben ihn aufgeschlitzt.« Thomas Bugwenz dirigierte den Chor mit irrer Leidenschaft. *Einem unbeschwerten Leben folgt ein beschwerter Tod.* Gabriele Meinhardt nahm für Augenblicke Kontur an. »Es war ganz leicht«, triumphierte sie und schwang eine Machete mit funkelnder Klinge. »Es war leichter, als ein Schwein zu schlachten.« *Was wir über sie wissen, ist, dass sie gute Bürger der Natur sind.* Judith war an der Reihe. »Willst du wirklich alles wissen, du Armleuchter? Alles?« Sie schob ihren Rock nach oben, und das Fenster zu ihrem Intimsten öffnete sich weit, weit …

»Aufhören«, röchelte Ludwig Glöckner und versuchte, auf die Beine zu kommen. »Aufhören!«

»Alles in Ordnung?«

Er spürte eine Hand an seinem rechten Oberarm.

»Kann ich Ihnen helfen?« Die Stimme war warm, die eines Freundes. »Was ist los mit Ihnen?«

»Geht gleich wieder«, sagte Glöckner. Er wollte schlafen, nur noch schlafen.

*

Als er erwachte, dämmerte es bereits. Es dauerte eine kleine Ewigkeit, ehe er sich orientiert hatte. Er erinnerte sich nicht, wie er nach Hause und ins Bett gekommen war. Nachdem die Dämmerung auch den letzten Gegenstand im Raum verschlungen hatte, betätigte er die Nachttischlampe und griff sich Meinhardts Manuskript.

Mit Blick auf die schwindenden Reserven des Zaubertranks hatte Penelope alias David allen Grund, besorgt zu sein. Nur mit dem Zaubertrank konnte er sich verwandeln. War dieser aufgebraucht, würde David für immer Mensch sein. Dies war die finsterste aller Aussichten, und David bezeichnete diese Aussicht als »die ewige Rezession«.

»Hast du eine Ahnung!«, sagte Glöckner mit schlafverklebter Zunge. »Sieh dir das Gehalt eines Polizeibeamten an, und du weißt, was ›ewige Rezession‹ ist.«
Er las weiter:

David spürte, wie er den Antilopenkörper verließ. Er konnte es nicht verhindern. Oder doch? Natürlich hätte er den Prozess mit einem Schluck Zaubertrank umkehren können, aber er war zu absoluter Sparsamkeit gezwungen. Traurig besah er sich die Flasche, die kaum mehr als zwei Fingerbreit der edlen Flüssigkeit enthielt. David streckte sich auf seinem Bett mit dem riesigen Baldachin aus und schloss die Augen. »Ich habe Hunger auf B.«, hörte er sich flüstern. »Ich habe Hunger auf B.«

Ludwig Glöckner gab seiner schlechten Verfassung die Schuld daran, dass er der Handlung an dieser Stelle nicht mehr folgen konnte.

Auszug aus einem von unzähligen Anrufen:

ANRUFER: Sie müssen sich einfach ein altes Fass Wein vorstellen.
BEAMTER: Wieso ein altes Fass Wein?
ANRUFER: Stellen Sie es sich vor!
BEAMTER: Wie Sie wollen!
ANRUFER: Sehen Sie es?
BEAMTER: Ja.
ANRUFER: Sie sehen es?
BEAMTER: Gestochen scharf.
ANRUFER: Wodurch wird es zusammengehalten?
BEAMTER: Nun ja, durch zwei Ringe aus Metall.
ANRUFER: Ganz genau: durch zwei Ringe aus Metall.
BEAMTER: Und?
ANRUFER: Und?! Na, Sie sind mir vielleicht ein Spaßvogel!

Direkt nach der gestrigen Lokalzeit des WDR hatte die eigens für die Metallklammer-Frage eingerichtete Hotline zu glühen begonnen. Nachdem wenig später Express und Stadt-Anzeiger erhältlich waren, gab es einen weiteren Schub, der bis zur Stunde andauerte. Jeder dritte Einwohner von Stadt und Region schien eine Idee zu haben, zu welchem Zweck die in der Presse abgebildeten Klammern hergestellt wurden. Das Ganze war längst außer Kontrolle geraten, hatte hysterische Züge angenommen. Der Beamte, der sich eine gemütliche Nacht am Telefon versprochen hatte, musste bereits um vier Uhr restlos erschöpft abgelöst werden. Um acht Uhr kam man nicht mehr umhin, den regionalen Hör- und Fernsehfunk erstens zu bitten, eine zusätzliche Hotline-Nummer bekannt zu geben, und zweitens das Volk aufzufordern, sich nur bei absoluter Gewissheit über die Herkunft des fraglichen Gegenstandes zu melden. Es half nichts. Die Leute glaubten offensichtlich, an einer Art Gewinnspiel teilzunehmen. Eine weitere Kostprobe? Bitte:

ANRUFER: Ich bin absolut sicher, es handelt sich um einen Bügel aus dem Mechanismus, mit dem man eine Orchesterbühne auf beinahe jede Höhe absenken kann.
BEAMTER: Tiefe. Es muss Tiefe heißen.
ANRUFER: Werden Sie fürs Klugscheißen bezahlt? Ich habe Besseres zu tun, als bei Ihnen anzurufen, damit das klar ist!
BEAMTER (undeutlich): Warum tun Sie dann nichts Besseres?
ANRUFER: Tut mir Leid, ich habe Sie akustisch nicht verstanden.
BEAMTER: Was macht Sie so sicher, dass dieser Gegenstand einem Bühnenmechanismus entstammt?
ANRUFER: Mein Schwager ist Tenor. Sie sollten ihn unbedingt einmal singen hören!
BEAMTER: …
ANRUFER: Sind Sie noch dran?
BEAMTER: Sie wissen, welchen Aufwand es bedeutet, die Sache zu überprüfen?
ANRUFER: Ah, Sie glauben mir nicht! Wären Sie so nett, mich mit Ihrem Vorgesetzten zu verbinden?

Und so weiter. Glöckner erwog, die Sache abzubrechen. Es bestand kaum mehr Hoffnung auf ein brauchbares Ergebnis. Festzustehen schien nur, dass es sich bei den Klammern um keine gängigen Gegenstände handelte. Ein wenig verwunderlich fand es Glöckner allerdings schon, dass es nicht *eine* Person gab – einen Fachmann, einen Freak –, die etwas über die Herkunft der Klammern wusste.

Er trommelte seine Männer zu einem Kurzmeeting zusammen; die übliche Runde traf sich und wurde ergänzt durch einen Praktikanten namens Marius Nienstedt. Erst heute

Morgen war Nienstedt der von Glöckner geleiteten Mordkommission zugeteilt worden, sehr zu Glöckners Missbehagen. Doch wie sich herausstellte, war Nienstedt ein Praktikant der angenehmen Sorte, bescheiden und taktvoll, auffällig bestenfalls dadurch, dass seine rechte Hand sechs Finger hatte. Je länger er jedoch auf diese Hand sah, desto irritierter war Glöckner von dieser Extravaganz der Natur.

Zunächst hatte er erwogen, eine der Klammern, die am Nachmittag aus dem Labor gekommen waren, inmitten der Runde zu platzieren und gemeinsam mit seinen Kollegen darauf zu warten, dass sie ihnen etwas mitteilte, dass sie gleichsam zu ihnen sprach. Er hatte sich vorgestellt, die Klammer – oder besser: das gemeinsame Vor-ihr-Kauern – könnte die Funktion von Riechsalz erfüllen, aber dann war ihm selbst der Einsatz von Priestern oder Parapsychologen erfolgversprechender erschienen.

Da er selbst nicht viel zu sagen wusste, fiel Terjungs Schweigsamkeit mehr ins Gewicht als unter gewöhnlichen Umständen. Terjung wirkte verändert, hatte praktisch über Nacht etwas Fahles und Knochiges bekommen, und den Auslöser dieser Metamorphose vermutete Glöckner in dem Gespräch, das Terjung mit Judith geführt hatte. Sie sei äußerst maulfaul gewesen, hatte Terjung nach seiner Rückkehr mitgeteilt, hätte nichts weiter verraten, als dass sie Meinhardt vergangene Weiberfastnacht beim WDR kennen gelernt und sich danach ein paar Mal mit ihm getroffen hatte.

»Also, Männer« – Glöckner förderte die Worte an die Oberfläche wie aus einem tiefen inneren Bergwerk – »die Aktion mit den veröffentlichten Fotos dürfen wir dann wohl als Schuss in den Ofen bezeichnen ...«

»Entschuldigen Sie«, sagte Nienstedt; seine Stimme zitterte ein wenig, »von welchen Fotos ist die Rede?«

»Darf ich Sie fragen, wo Sie Ihren bisherigen Tag verbracht haben?«

»Im Archiv, beim Schnellkurs ›Das Geheimnis der effizienten Recherche‹.«

»Von *diesen* Fotos.« Glöckner reichte ihm eines und nahm seinen Faden wieder auf. »Also, vergessen wir die Klammern für den Moment und stürzen uns auf –«

»Woher diese Klammer stammt, kann ich nicht sagen«, unterbrach Nienstedt und wirkte dabei so kindlich abwesend, dass sich Glöckner die Unterbrechung kommentarlos gefallen ließ. »Aber ich weiß, wo ich sie schon mal gesehen habe.«

*

Dreieinhalb Jahre waren vergangen, seit Hans-Peter Meinhardt und Melanie Kamps in der Schallstraße vor der Haustür der damaligen Volontärin gestanden hatten und Hans-Peter Meinhardt, auf dessen Rechnung ein teures Abendessen, mehrere teure Drinks und eine Taxifahrt gegangen waren, zweifelsfrei erwartet hatte, auf einen Kaffee nach oben gebeten zu werden.

Melanie Kamps, damals gerade frisch bei »Reisefieber« eingetroffen, hätte den Abend an dieser Stelle gern beendet. Sie fand allerdings nicht den Mut, ihren neuen Chef nach Hause zu schicken. Also bot sie ihm höflich einen Kaffee an.

»Hier sieht es aus wie in einer Studentenbude«, moserte Meinhardt, kaum dass er die kleine Dachgeschosswohnung betreten hatte.

Melanie schwieg. Sie streifte ihren Mantel ab und warf ihn aufs Bett, um es symbolisch zu blockieren. »Setz dich doch«, sagte sie und wies auf einen puppenhaften Stuhl unter der Dachschräge.

Meinhardt ging aufs Bett zu, schob den Mantel beiseite und ließ sich nieder. Melanie entschwand in die Küche, die gerade einmal genug Platz für einen Herd, eine kleine Spüle und ein schmales Chromregal mit einer Grundausstattung an Geschirr bot. Während sie den Kaffee zubereitete, versuchte sie sich einzureden, das Zittern ihrer Hände habe ausschließlich mit der Kälte in ihrer Wohnung zu tun. Sie machte sich Vorwürfe. Durch irgendetwas musste sie Meinhardt ermutigt haben. Zugegeben, sie hatte im Restaurant ein wenig geflirtet – aber sollte ein Mann wie Meinhardt das nicht einzuordnen wissen? In Gedanken überflog sie noch einmal die Konversation während des Essens, suchte nach Anzüglichkeiten oder Dingen, die hätten fehlinterpretiert werden können. Nichts. Sie hatte dieselbe verschwommene Dosis Bereitschaft zu Körperkontakt gezeigt, die wohl jede karrierebewusste Frau bei einem privaten Treffen mit ihrem Chef gezeigt hätte.

Doch jetzt, da sie ihren subjektiven Standpunkt für einen Moment aufgab und sich den Abend als neutrale Beobachterin – so weit das möglich war – vor Augen rief, musste sie bekennen, dass sie allzu naiv an die Sache herangegangen war. Womöglich hätte man damit rechnen müssen, dass ein Dekolletee, V-förmig ausgeschnitten bis hinunter zum Bauchnabel, einen Mann wie Meinhardt zu der Annahme führen würde, man sei für ihn bereit.

Der Wasserkocher begann zu blubbern, und sie goss den Kaffee auf. Durch den Türspalt konnte sie sehen, dass er seine Krawatte abgelegt und die oberen Knöpfe seines Hemdes geöffnet hatte. Ein Büschel weißer Brusthaare stach selbstbewusst ins Freie.

»Ah, da ist sie ja, die junge Frau«, intonierte er, als sie zu ihm zurückkehrte. »Und ist sie in den letzten Minuten nicht noch schöner geworden!«

»Der Kaffee muss noch zwei Minuten ziehen«, sagte sie und gestand sich ein, dass sie die Dinge nicht mehr unter Kontrolle hatte. Sie lehnte im Türrahmen, die Arme vor der Brust verschränkt, um dem geschwungenen V nackter Haut seine Reizwirkung zu nehmen.

»Du wirkst ein wenig verkrampft, meine Liebe.«

»Das täuscht. Es ist nur … diese Wohnung ist nicht gerade dafür gemacht, Besuch zu empfangen.«

»*Das* macht dir Sorgen?«

»Wie du siehst.«

Zurück in der Küche, versuchte sie, sich noch einmal zu sammeln. Es konnte, so viel stand fest, nicht mehr darum gehen, seine Lust umzulenken, ihn zum Reden oder Musikhören zu animieren. Es konnte nur noch um Abwehr und Schadensbegrenzung gehen. Vielleicht sollte sie Missverständnisse einräumen und ihr augenfälliges Dekolletee mit einer Allergie erklären. *Leider kann ich am Abend keine geschlossenen Kleider tragen, ohne einen Ausschlag zu bekommen, der sämtliche Dermatologen des Landes in Atem halten würde.* Vielleicht sollte sie sich einfach aus der Wohnung stehlen.

Obwohl sie genau das gern getan hätte, war das natürlich die letzte aller Optionen. Diesen Mann jetzt sitzen zu lassen, glucksend und sabbernd vor Geilheit, würde für die Karriere schlimmere Folgen haben, als ihn von vornherein abzuweisen. Sie überlegte, wie weit zu gehen sie bereit war, und in Gedanken nahm sie seine halbschlaffen, geschäftigen Stöße vorweg. Konnte sie ihn in sich ertragen?

»Bei so viel Zeit«, tönte seine Stimme zu ihr herüber, »wie du sie ins Kaffeekochen investierst, darf man einen besonders guten Kaffee erwarten, oder?«

»Ich denke, das darf man«, gab sie zurück, während sie immer verzweifelter nach einem Ausweg suchte. Es schien keinen zu geben. In jeder Hand einen dampfenden Becher Kaffee ging sie zu ihm, halbherzig hoffend, dass ihn das Koffein ein wenig ausnüchtern und somit pflegeleichter machen würde.

»Wo steht dein Computer?«, erkundigte er sich. »Ah, da drüben haben wir ihn ja. Man kann bei dir online gehen, nehme ich an?«

»Sicher, natürlich«, sagte sie; ihre Zunge fühlte sich trocken an, wie rissiges Leder.

»Dann tun wir das!«

Er dirigierte sie zu ihrem Schreibtisch, auf dem sich der

Computermonitor wie ein klobiges Gebäude erhob, und als sei er hier zu Hause, schob Meinhardt Notizen, Briefe und Unterlagen beiseite, dann rückte er sich die Tastatur zurecht und klopfte bedeutungsvoll auf die Fläche, die er gerade freigeräumt hatte. »Na los, setz dich hier hin.«

»Ich soll mich auf den Schreibtisch setzen?«

»Ja, mit dem Gesicht zu mir.«

Sie gehorchte und wünschte sich in diesem Moment seltsamerweise, dass es ein Foto von ihnen beiden gäbe, natürlich nicht hier und heute aufgenommen, ein hübsches, neutrales Foto, auf dem sie beide wertfrei lächelten, die Art Foto, die man der Mutter schenkte, damit sie, stolz auf die periphere Prominenz der Tochter, in der Nachbarschaft ein wenig prahlen konnte.

»Ach ja, und vergiss nicht, dich unten herum freizumachen.« Meinhardts Worte hätten kaum selbstverständlicher klingen können. Er schaltete den Computer ein, und schon das erste Bildschirmflackern zauberte ein kindliches Lächeln auf sein Gesicht.

»Nur aus Neugier ...« Obwohl seine Aufforderung etwas sehr Unwirkliches hatte, hörte sie nicht auf, in Melanies Kopf widerzuhallen. »Was soll das werden?«

»Unten herum freimachen und wieder setzen!« Meinhardt klang, als wäre der Fortgang offensichtlich. Seine Finger hüpften über die Tastatur, und das Funkeln in seinen Augen ließ Melanie vermuten, dass er etwas ganz Besonderem entgegenfieberte.

Und da baute sie sich auch schon auf, die Seite, die er so hungrig gesucht hatte: eine Auswahl nackter Osteuropäerinnen, keine von ihnen älter als zwanzig, mit weit gespreizten Beinen. Ein Kampffeld voller Vaginen.

»Was soll das werden?«, fragte Melanie erneut.

»Eine Art Spiel, würde ich sagen. Wir suchen die Muschi, die deiner am ähnlichsten ist. Glaub mir, das wird Spaß machen.«

Melanie traute ihren Ohren so wenig, wie sie später – das

spürte sie schon jetzt – der Erinnerung an diesen Augenblick trauen würde.

»O nein, tut mir Leid.«

Mit großem Verdruss löste Meinhardt seine Augen vom Bildschirm und bedachte Melanie mit einem Blick, der kaum misszuverstehen war. *Wenn du auch nur eine Sekunde länger Zicken machst*, sagte dieser Blick, *wirst du in keinem Sender dieses Landes je etwas anderes sein als die Herrin über Ablaufpläne oder Zuschauertelefone.*

Während sie ihr Kleid raffte und ihren Slip von den Hüften schob, dachte sie zunächst an gar nichts. Dann, als sie sich auf den Schreibtisch setzte und langsam ihre Schenkel öffnete, überlegte sie, was sie tun würde, nachdem dieser Mann ihre Wohnung wieder verlassen hatte. Vermutlich würde sie sich mit den großzügigen Resten der Flasche Smirnoff, die hinter den angebrochenen Reis- und Spaghetti-Packungen im Küchenregal ruhte, in die Dusche setzen, das Wasser so heiß, dass sich die Haut leuchtend rosa färbte.

Meinhardt begann mit seinem Spiel, wie er es genannt hatte. Was genau er tat, konnte Melanie nicht sehen, aber sie nahm an, dass er sich das eine oder andere Foto in Originalgröße zeigen ließ, um einen besseren Vergleich anstellen zu können. Überraschenderweise schien ihn seine Betätigung nicht zu erregen, vielmehr machte er den Eindruck eines Mediziners, der mit kühlem Pragmatismus zu einer schnellen und zuverlässigen Diagnose zu kommen suchte.

»Diese da!«, rief er plötzlich aus. »Sieh sie dir an, und du wirst mir Recht geben!«

Melanie blickte vorsichtig über ihre Schulter und sagte ohne jedes Interesse: »Ja, genau.«

»Verblüffend, nicht wahr? Sei so nett und druck sie mir aus, solange ich auf Toilette bin.« Damit stand er auf und verschwand im Bad.

Wie in Zeitlupe schloss Melanie ihre Beine, rutschte vom Schreibtisch und schob ihr Kleid nach unten. Sie war außerstande einzuschätzen, ob sie soeben glimpflich davongekommen oder zutiefst gedemütigt worden war. Doch was spielte das für eine Rolle, solange es nur vorbei war. Ihr war kalt, sie begann zu zittern, so stark, dass ihre Backenzähne aufeinander schlugen.

»Das war ein hübscher Auftakt«, sagte Meinhardt, der zurückgekommen war und plötzlich alt, fast greisenhaft wirkte. »Würdest du mir da nicht zustimmen? Natürlich stimmst du mir zu, denn du bist ein kluges und geiles Mädchen. Hast du das Foto ausgedruckt? Noch nicht? Macht nichts, dafür ist später noch Zeit. Hauptsache, du vergisst es nicht, denn es wird mich an das erinnern, was in wenigen Augenblicken –«

Und jetzt war sie es, die im Bad verschwand. Die Tür hinter ihr war kaum zugefallen, da entleerte sie ihren gesamten Mageninhalt geräuschvoll in die Toilette. Ihr Atem kam in unregelmäßigen Stößen. Ihr Rachenraum brannte. Noch über dem Klobecken kauernd, hörte sie, dass sich Meinhardt anschickte, die Wohnung zu verlassen. Und sie vernahm seine Worte: »Dafür wirst du zahlen, du Schlampe!«

*

Irgendetwas hatte seine Frau mit Terjung angestellt, das war offensichtlich. Terjung war ein verlässlicher und ruhiger – wenn auch manchmal zu ruhiger – Kollege. Doch sein momentaner Mangel an Mitteilungsbereitschaft sprengte den üblichen Rahmen.

»Dass sie Meinhardt Weiberfastnacht im WDR kennen gelernt hat, hast du gestern bereits erzählt«, erinnerte ihn Glöckner in tadelndem Ton. »Ich will wissen, was sie darüber hinaus gesagt hat.«

Ja, er wollte *alles* wissen, jedoch nur als Polizist und Ermittler. Als Privatmann graute ihm vor jeder weiteren Information.

»Sie haben sich ein paar Mal getroffen.« Terjung senkte seinen Blick.

»Das war alles? Du hast sie *nicht* gefragt, wo sie sich getroffen haben, wie oft und« – an dieser Stelle atmete Glöckner sehr lange und sehr tief aus – »wie diese Treffen im Detail aussahen?«

»Sie hat ... irgendwie ... keine Fragen zugelassen.«

»Irgendwie? Nun, dann werden wir wohl nicht umhinkönnen, sie hierher vorzuladen«, sagte Glöckner, während er sich zögernd der Folgen bewusst wurde, die eine offizielle Befragung haben würde. »Oder fällt dir nicht doch noch das eine oder andere Detail ein, das uns weiterhelfen könnte?«

Terjung wippte mit dem Oberkörper und presste die Finger gegen seine Schläfen, absolut überzeugend in seinem Willen, noch etwas Hilfreiches zu Tage zu fördern. »Nach Meinhardts Frau habe ich sie gefragt. Ob sie etwas vom Verhältnis ihres Mannes wusste ... Und ob sich die beiden Frauen einmal begegnet sind ... Offenbar sind sie das nicht.«

»*Das* hat sie gesagt? Dass sie sich nie begegnet sind?«

Terjung nickte übertrieben. »Ja.«

Glöckner riss sich förmlich aus seinem Stuhl und schnellte auf die Beine, das Gesicht gerötet bis in die Haarwurzeln. »Wo ist sie? Du sagst mir auf der Stelle, wo sie ist!«

*

Auch der dritte Versuch, in der Künstlerkolonie hinter dem Mediapark jemanden anzutreffen, scheiterte. Es ging um einen gewissen Neo Reiter, den Mieter des Ziegelflachbaus mit angeschlossenem Atelier. Um genau zu sein, ging es um eine Skulptur, die Marius Nienstedt, der sechsfingrige Praktikant, vor kurzem in Reiters Vorgarten gesehen haben wollte. Nienstedt hatte geschworen, dass in der Skulptur die gleichen Metallklammern verarbeitet waren, die Meinhardts betongefüllten Oberkörper zusammengehalten hatten.

Eine Spur, immerhin. Glöckner hatte endlich das Gefühl, dass die Ermittlungen nicht länger nur eine Persiflage waren. Natürlich musste Reiter erst einmal gefunden werden.

Der Tag war mit verunsicherten Sonnentupfern gesprenkelt, und während Ludwig Glöckner zurück in den Großstadtdschungel stapfte, nahm Judith wieder Besitz von seinen Gedanken.

Genügten zwei Tage ohne sie, um einsam zu sein? Auf tiefe, authentische Weise einsam? Alles schien sich mit Einsamkeit voll gesogen zu haben: die Möbel, seine Kleidung, die Straßenzüge, die er jetzt durchquerte. Sie war schwer und klamm, diese Einsamkeit. Und sie setzte in seinem Kopf einen umfassenden Mechanismus des Verzeihens in Gang. Was war schon eine kleine Liebschaft? Was war sie anderes als ein Ventil, durch das der Dampf der Langeweile und Verbitterung entwich? Konnte es – streng genommen – etwas Gesünderes für eine Beziehung geben als ein wenig Ficken außer der Reihe?

Glöckner erging sich plötzlich in Großzügigkeit und Toleranz. Er würde, so nahm er sich vor, Judith keine Fragen mehr stellen. Nicht einmal die Verbindung zu Gabriele Meinhardt würde sie ihm erklären müssen, solange sie nur zu ihm zurückkam.

Die Sonne fräste sich jetzt entschlossen durch die Wolken und stellte Ludwig Glöckner in ihr Scheinwerferlicht. Während er die Wärme in seinem Nacken genoss, dachte er, Untreue könnte auch eine Art Hilfeschrei sein. Vielen Menschen fehlte die Fähigkeit, Unzufriedenheit und Angst in Worte zu kleiden. Stattdessen wählten sie eine andere Form, sich auszudrücken. Und bestand nicht die Möglichkeit, dass Judith zu diesen Menschen gehörte? Für Glöckner barg dieser Gedanke im Augenblick durchaus Trost. Denn wenn es stimmte, dass Menschen aus Verzweiflung und nicht etwa Lüsternheit ehebrachen, und wenn es stimmte, dass Judith einer dieser Menschen war, dann gab es keinerlei Grund, die Sache mit Meinhardt persönlich zu nehmen.

*

MAN TRINKT AQUAVIT. Apathisch knipste Alexander Piontek die Neonreklame, die an der hinteren Wand des Schlafzimmers lehnte, an und aus. Gerade einmal vier der Buchstaben leuchteten noch auf, wenn der Schriftzug unter Strom gesetzt wurde. Bevor Pionteks letzte Geburtstagsparty aus dem Ruder gelaufen war, waren es noch stolze dreizehn gewesen.

Er konnte seine eigenen Ausdünstungen riechen. Sie rochen säuerlich, beinahe ranzig. Eine Zumutung für jede Person, die mit ihm in Kontakt kam. Das wusste er. Doch anstatt sich zu duschen und in frische Kleider zu schlüpfen, blieb er neben der Reklame hocken und beschwor sich selbst mit den immer gleichen Worten: »Also, das geht folgendermaßen: Du schreibst eine Seite jeden Tag. Eine Seite. Nicht mehr und nicht weniger. Das ist zu machen. Auch ohne große Disziplin. Eine Seite. Eine Seite. Selbst wenn du ein paar Tage der Indisposition abrechnest, ist innerhalb eines Jahres ein neuer Roman geschrieben. Sagen wir, du bist fünfundsechzigmal im Jahr außerstande, an die Arbeit zu gehen, so hätte dieser Roman noch immer eine Länge von dreihundert Seiten. Eine gute Länge. Länger sollte ein Roman ohnehin nicht sein. Eine Seite am Tag. Das ist so lächerlich wenig, dass genügend Zeit für das andere bleibt. Es ist ein beliebter Trugschluss, dass ein Autor ein Autor sei und nichts weiter. Sie existiert und sie lebe hoch, die Universalität! Wer ihre Existenz bezweifelt, soll zu mir kommen und sich von mir persönlich die Fresse einschlagen lassen. Mein feierliches Ehrenwort, dass ich jedem die Fresse einschlage, der …«

Piontek starrte auf die Reklame und sprach immer weiter. Die Wirkung der letzten Kapsel ließ allmählich nach. Er spürte, dass Lethargie und Trübsinn wieder ihren Raum forderten, wie die Ebbe, die die Flut zurück ins Meer schiebt.

*

Er durchstreifte sein Büro; das weiße Hemd mit den zarten blauen Streifen, das ihm Judith vor einem halben Jahr in einem Outlet Store auf der Apostelnstraße gekauft hatte, klebte kalt auf seiner Brust und seinem Rücken. »Wo ist sie?«, fragte er. Hatte er sich vor wenigen Stunden noch in einer Stimmung der Barmherzigkeit und des Vergebens befunden, so war er jetzt bereit, seine Ehe zu opfern, sofern dieses Opfer half, den Fall Meinhardt zu lösen. Immer wieder versuchte er, zu seinem berühmten Pragmatismus zurückzufinden, doch der Weg war ihm versperrt. Die Welt hatte beschlossen, das Judith-Meinhardt-Problem wie eine riesige Mauer vor ihm aufzurichten, und wenn es überhaupt eine Chance gab, diese Mauer zu überwinden, dann die, Meinhardts Mörder zu finden und sich ohne Blick zurück in den nächsten Fall zu stürzen.

»Drüben in Bormanns Büro«, antwortete Singer. »Und sie scheint mir äußerst gereizt zu sein.«

»Raucht sie?«

»Beidhändig, würde ich sagen.«

»Lassen wir sie noch fünf Minuten schmoren.«

»Ich bin bei meinen Recherchen im WDR übrigens auf eine Talkshow aus dem letzten Jahr gestoßen, in der Meinhardt nach seinen Hobbys und Passionen gefragt worden ist.«

»Ja, und?« Glöckners Interesse war gemäßigt und distanziert; zu sehr beherrschte die Frau nebenan seine Gedanken.

»Meinhardt hat mit keinem Wort sein Schreiben erwähnt. Das ist doch seltsam, oder?«

»Das ist in der Tat seltsam.«

*

Zwei Räume weiter saß Judith Glöckner kampfwütig vor Bormanns Schreibtisch, auf dem sie ihre Zigarettenasche verteilte, wie es ihr gefiel.

Ihr gegenüber saßen Bormann und Terjung, die angesichts dieser Raubkatze kaum zu atmen wagten. In immer kürzer werdenden Abständen fixierten sie die Tür. Die Klinke bewegte sich nicht.

»Und, hast du dich nach deinem großen Auftritt im Stadtgarten wieder beruhigt?« Judith rutschte mit ihrem Stuhl ein Stück nach links, in Terjungs Blickfeld.

Terjung schwieg.

»Ihr junger Kollege hier« – sie rutschte nach rechts, sodass Bormann jetzt gezwungen war, sie anzusehen – »hat sich nämlich nicht immer ganz unter Kontrolle.«

Auch Bormann schwieg, war offenbar vollends damit ausgelastet, Judiths stechendem Blick standzuhalten.

Die Tür öffnete sich. Singer trat ein, Sekunden später folgte Glöckner. Ohne äußere Anzeichen von Stress oder Nervosität durchquerte er den Raum, lehnte sich direkt hinter Bormann und Terjung an die Wand, dann sah er prüfend auf seine Uhr.

»Du spielst mit dem Feuer!«, zischte Judith.

»Fangen wir an«, sagte Glöckner mit beinahe angsteinflößender Gelassenheit.

»Wenn du glaubst, dass die Geschichte hier ohne Folgen bleibt, hast du dich geirrt, mein Guter!«

Glöckner nickte Singer zu, das Zeichen, die Befragung zu beginnen.

Singer tat wie geheißen. »Wann und wo haben Sie Hans-Peter Meinhardt kennen gelernt?«

Judith zündete sich die nächste Zigarette an, und während sie in tiefen Zügen inhalierte, starrte sie durch das nebelfeuchte Fenster nach draußen. Ihr Gesichtsausdruck verriet, dass sie sich eher foltern oder vergewaltigen lassen würde, als auch nur eine einzige Frage zu beantworten.

Singer wiederholte seine Frage, wartete zwanzig Sekunden, wiederholte sie abermals.

Judith wandte sich ihrem Mann zu. »Schick deine Männer raus, Ludwig!«

*

Sie hatte ihn direkt am Tag nach dem kleinen Parkhaus-Missgeschick angerufen. Zum einen wollte sie sich natürlich vergewissern, dass er sein indirekt gegebenes Versprechen, sie nicht anzuzeigen, hielt, zum anderen wollte sie sichergehen, dass er keinen nachhaltigen Eindruck auf sie gemacht hatte. Es durfte einfach nicht sein, ein Mann seines Aussehens und Alters, dazu noch diese ekelerregende Arroganz. Aber er hatte nachhaltig Eindruck gemacht. Um das zu wissen, musste Judith nur seine Stimme hören. In dem Augenblick, da er am Telefon seinen Namen nannte, war sie wie betäubt. Sie trafen sich in den kommenden Wochen ein paar Mal, und meistens schliefen sie auch miteinander. Wenn Judith den Beischlaf nicht berauschend fand, so hatte sie doch seit langer Zeit wieder das Gefühl, begehrenswert und lebendig zu sein. Außerdem besaß Meinhardt das seltene Talent zu schmeicheln, ohne ins Kitschige oder Unglaubwürdige abzurutschen. Kurz: Der Fernsehmann bedeutete Abwechslung und Bestätigung. Hatte sie Skrupel? Zum damaligen Zeitpunkt kaum, denn wäre ihr Mann in der Vergangenheit ihr gegenüber aufmerksamer und dem Leben gegenüber weniger larmoyant gewesen, wäre es nie so weit gekommen. In gewisser Weise, so sah sie es damals, hatte er darum gebettelt, betrogen zu werden.

Nachdem etwas Zeit ins Land gegangen war und sie sich beim besten Willen nicht mehr erklären konnte, was sie an Meinhardt gefunden hatte, sann sie darüber nach, wie sie ihn loswerden konnte. Sie entschied sich, mit ihm zu sprechen, darauf bauend, dass sich die Sache auch für ihn etwas abgenutzt hatte. Er gab vor, mit dem Beenden der Affäre einverstanden zu sein. Einzige Bedingung: Sie musste einen letzten Tag mit ihm verbringen, einen *ganzen* Tag. Judith stimmte zu, fand sogar Gefallen an seiner Idee, sich mit einem rauschenden Fest voneinander zu verabschieden. Sie gaben im Laufe dieses Tages ein Vermögen aus. Sie mieteten für zwei Stunden das Theater am Tanzbrunnen und ließen dort ein attraktives Ballett aus Südkorea für sich tanzen. Später lauschten sie James Brown in der Philharmonie, um sich anschließend für einen vierstelligen Betrag in der teuersten Suite des Maritim niederzulassen. Judith fand Meinhardts Großzügigkeit verwirrend, noch verwirrender fand sie allerdings die Tatsache, dass sich der sonst so scheue und wachsame Meinhardt plötzlich mit einer solchen Selbstverständlichkeit in der Öffentlichkeit bewegte. Zumal er eine fremde Frau an seiner Seite hatte.

Die Suite im Maritim hielt, was sie versprach. Judith sah sich mit einer gewissen Ehrfurcht um, während sie in Gedanken den letzten gemeinsamen Geschlechtsakt vorwegnahm. Zu ihrer Verwunderung verspürte sie sogar ein wenig Lust, was jedoch nichts an der Endgültigkeit ihrer Entscheidung änderte. Sie ging ins Schlafzimmer und begann sich auszuziehen. Durch den Türspalt beobachtete sie Meinhardt, wie er sich im Wohnbereich an einem Videorecorder zu schaffen machte. Nach einer Weile rief er sie. Sie schlüpfte in einen Bademantel und ging zu ihm. Was er ihr vorführte, war schockierend. Anfangs konnte sie sich kaum auf die flimmernden Bilder konzentrieren, so sehr war sie sich der qualvollen Konsequenzen bewusst, die dieses Video haben würde. Als sie Meinhardt und sich auf dem Bildschirm sah, kopulierend in einem der Hotels, die sie in den vergangenen Wochen besucht hatten, spürte sie mehr Ekel als Wut.

Meinhardt drückte die Standbildtaste und ging hinüber zur Bar. Auf dem Bildschirm waren sie beide jetzt eingefroren, Judith halb auf der Seite, halb auf dem Bauch liegend, und er, wie er sein Gesicht von hinten zwischen ihre Beine presste. Er wirkte alt, viel älter, als er ihr sonst erschienen war.

Judith musste keine Prophetin sein, um zu wissen, was Meinhardt mit dieser kleinen Vorführung bezweckte. Dieser Mann ließ sich nicht einfach abservieren.

*

Die soeben gehörte Geschichte hatte Glöckner buchstäblich ins Wanken gebracht. Er griff sich einen der Stühle und sank hinab. Der Schweiß brach ihm aus, sein Blick trübte sich, und dann tanzten Tausende bunter Punkte vor seinen Augen, ein wildes, surreales Ballett. Die Story von Meinhardt und seiner Frau hatte ihn in einen eisernen Griff genommen, durchdrang jede Zelle und Faser seines Körpers.

»Und wie hast du seine Frau kennen gelernt?«

Judith wirkte erschöpft, aber auch erleichtert. »Da muss ich etwas weiter ausholen«, sagte sie. »Gabriele war durch die ewigen Affären ihres Mannes sehr verletzt. Irgendwann hatte sie genug und beschloss, aus ihrer kaputten Ehe Kapital zu schlagen. Sie erinnerte sich an eine Klausel im Ehevertrag.« Judith beugte sich zu ihrem Mann und berührte kurz seinen Arm. »Ich hab dich gewarnt. Es kann etwas länger werden.«

»Mach weiter«, befahl Glöckner tonlos.

»Habt ihr vielleicht irgendwas zu trinken?«

»Wenn du Alkoholika meinst – nein!«

»Ein Polizeipräsidium und nirgendwo ein Fläschlein?«

»Mach weiter! Sobald wir hier fertig sind, kannst du so viel trinken, wie du willst.«

»Also: Der Ehevertrag sicherte Gabriele im Scheidungsfall nur Almosen zu, es sei denn – und hier kommt diese Klausel ins Spiel –, Gabriele könnte ihrem Mann Ehebruch nachweisen. Die Betonung liegt auf dem Wort *nachweisen*.«

»Das kann man in einen Ehevertrag schreiben?«, fragte Glöckner erstaunt.

»Offenbar«, sagte Judith. »Ich schätze, in manchen Eheverträgen stehen noch ganz andere Dinge. Jedenfalls setzte sich Gabriele mit einem Detektiv in Verbindung. Der gute Mann sollte Meinhardt beim Fremdgehen ertappen und wenn möglich einen gerichtstauglichen Beweis für den Ehebruch liefern.«

»Was für einen Beweis?«, fragte Glöckner.

»Was weiß ich ... ein Videoband oder so was.«

»Ist als Beweismittel nicht anerkannt. Zumindest nicht, wenn es in Privaträumen aufgenommen wurde.«

»Dann eben etwas anderes«, sagte Judith. »Ich weiß doch auch nicht« – Missmut und Ungeduld färbten jetzt ihre Engelsstimme – »wenn der Mann Profi ist, wird er wissen, was er ranzuschaffen hat. Soll ich mit der Geschichte weitermachen?«

»Bitte!«

»Offenbar hat der Detektiv Meinhardt und mich gemeinsam aus einem Hotel kommen sehen.«

Glöckner erhob sich, und langsam, als steckten seine Füße in Zement, bewegte er sich zum Fenster. »Weiter!«

Judith erzählte, dass es für den Detektiv eine Kleinigkeit gewesen sei, ihre Identität aufzudecken. Namen und Adresse hätte er dann an Gabriele Meinhardt weitergegeben, und diese hätte ihr schließlich in einem verständlichen Anfall von Verletztheit und Rachedurst einen Besuch abgestattet.

»Sie war bei uns zu Hause?«

»Stand plötzlich einfach in der Tür, stell dir vor.«

»Und?«

»Ich habe sie reingebeten, und sie hatte so etwas wie einen hysterischen Zusammenbruch.«

So sehr er sich bemühte, Gabriele Meinhardt, die in Gegenwart einer fremden Person, dazu noch einer Rivalin, einen Zusammenbruch erlitt, konnte er sich nicht vorstellen.

»Jedenfalls habe ich uns dann erst mal was zu trinken geholt, weiß nicht mehr genau, was, ich glaube, irgendeinen von unseren Landweinen, und als sie wieder einigermaßen auf dem Damm war, habe ich ihr genau die Geschichte erzählt, die ich dir vorhin auch erzählt habe.«

»Und so habt ihr zusammengefunden?«

Judith zuckte mit den Achseln. »Ja.«

»Ist das nicht ein wenig trivial?«

»Schon möglich.«

*

Der Zaubertrank war aufgebraucht, und Davids Leben schien zu Ende. Er war wieder Mensch, ausschließlich Mensch. Die ewige Rezession hatte begonnen. Sein blasshäutiger, haarloser Körper fühlte sich schwer an, bleiern. Was konnte er damit noch anfangen? Nichts, nichts. Er würde nie wieder laufen können wie ein Gepard, durchs Wasser schweben wie ein Rochen. Sein Rücken würde niemals wieder eine elegante Reiterin tragen. Der Wind würde nie mehr die Federn seiner weit aufgespannten Flügel streicheln. Es war vorbei. Er hatte sich für immer in einen Menschen und somit in ein Monster verwandelt. »Ich habe Hunger auf B.«, stöhnte David. Er rief seinen Diener und ordnete an, einhundert Kubikmeter frischen Beton kommen zu lassen.

»Was wollen Sie damit?«, sprach der Diener.

»Ich werde die Natur vernichten«, entgegnete David. »Und in meinem Garten fange ich damit an.«

Die Natur war sein Lebensraum gewesen, aber jetzt hatte sie ihn ausgestoßen. Und was ihn ausstieß, hatte nicht das Recht, weiter zu existieren.

Beton.

Glöckner legte das Manuskript beiseite und rollte sich in den leeren Weiten seines ehelichen Bettes auf die Seite. In diesem Moment gab es für ihn kaum mehr einen Zweifel, dass der Beton in Meinhardts Roman und der in seinem Körper von ein und derselben Mischung waren. Es kam ihm fast so vor, als sei Meinhardt an dem Beton erstickt, den er selbst angerührt hatte. Glöckner vergrub seinen Kopf tief in den Kissen, die noch immer nach Judith rochen.

Er rief seinen Diener und ordnete an, einhundert Kubikmeter frischen Beton kommen zu lassen. O nein, das war kein Zufall mehr, so wenig, wie der letzte Satz dessen, was er in Meinhardts toten Händen gefunden und fälschlicherweise für den Moderationstext gehalten hatte, ein Zufall war. *Sie durchziehen die Natur nicht mit Beton und sie stehlen nicht.* David begann, die Natur mit Beton zu durchziehen. Würde er auch noch zu stehlen beginnen?

Es lief Glöckner kalt über den Rücken. »Heldenfluchten« war der Schlüssel. Dass Meinhardts Roman mit dem Mord in Verbindung stand, war längst Gewissheit. Aber der Text war ganz offenbar mehr als nur ein verknüpfendes Element zwischen Opfer und Täter, er war so etwas wie ein Grundriss, eine Art Leitfaden.

Er musste »Heldenfluchten« so schnell wie möglich zu Ende lesen, und er musste in Erfahrung bringen, weshalb Thomas Bugwenz, der als Lektor das Manuskript von der ersten bis zur letzten Seite kannte, die so offensichtlichen Bezüge zwischen der Geschichte im Roman und Meinhardts Tod bei ihrem Gespräch im Bellini unerwähnt gelassen hatte.

Glöckner wollte gerade aufstehen und sich ein Glas Wasser holen, als sich ein Schlüssel im Türschloss drehte. Er hielt den Atem an, bewegte sich keinen Millimeter. Es war noch nicht einmal sechzehn Uhr; Judith konnte also unmöglich mit seiner Anwesenheit rechnen. Als sie ins Zimmer trat und ihn erblickte, stand sie erkennbar unter Schock.

»Kommst du zurück?«, fragte er.

»Eigentlich wollte ich mir nur ein paar Sachen holen«, sagte sie zögernd.

»Natürlich«, sagte er und registrierte ungläubig, dass eine pochende Erektion gegen seinen Oberschenkel drückte.

Sie schwiegen unbestimmte Zeit. Die im Präsidium mühsam zustande gebrachte Gesprächsleitung schien wieder gekappt zu sein.

»Sei nicht böse, aber ich brauche noch ein wenig Zeit für mich.«

»Schlaf mit mir!«

»Was?«

»Lass uns miteinander schlafen!«

Er stand auf und versuchte, ihren Arm zu fassen. Sie entkam ihm mit einer unerwartet eleganten Ausweichbewegung, rannte durch den Flur und dann die Treppe hinab. Halbherzig folgte er ihr ein paar Stufen, schließlich stoppte er und lauschte eine Zeit dem leiser werdenden Hall ihrer Schritte. Schon wieder auf dem Weg zurück in die Wohnung, überkam ihn ein brennendes Bedürfnis, sich für sein Verhalten zu entschuldigen. Erneut machte er kehrt und polterte abwärts, doch als er hinaus auf die Straße trat, schwitzend und nach Luft schnappend, war von Judith nichts mehr zu sehen. Er hielt Ausschau nach ihrem fabrikneuen nachtblauen MX 5, den sie sich nach dem Wiedererhalt ihres Führerscheins zugelegt hatte, und entdeckte ihn gute fünfzig Meter entfernt auf der anderen Straßenseite. Er spurtete hinüber, hebelte die Fahrertür auf und legte zitternd die Hand auf ihre Schulter.

»Ich muss …« Jetzt erst bemerkte er seinen Fehler.

»Wer hätte gedacht, dass Sie mich so innig erwarten«, sagte Melanie Kamps. »Darf man hier parken, ohne ein Ticket zu kassieren?«

*

Wahrscheinlich hätte es an einem anderen Ort ein anderes Leben für ihn gegeben. Gott zieht nur eine Option. Der Herr hätte sich für Kargheit und Not entscheiden und ihn zum somalischen Bauern machen können. Zum Taxifahrer in Bombay. Zum Tänzer in St. Petersburg, zum Gerichtsvollzieher in Brüssel. Zum Journalisten in Heilbronn. Zum Hautarzt, zum Gastronomen, zum Lehrer für Haushaltskunde. Vielleicht zum Dämonenbeschwörer. Zum Diktator in den schwülheißen Ausläufern unserer Zivilisation. Zwölf Kinder hätte er ihm schenken können. Oder neun. Ein Zelt oder einen Palast. Einen Klumpfuß. Den olympiageprüften Körper eines Athleten. Eine treue Frau.

Aber nein, er wollte ihn genau hier. Mit einer kaputten Ehe, einem ungelösten Mordfall und einer aufgebrachten jungen Besucherin in seiner Küche.

Melanie Kamps schleuderte die aktuelle Ausgabe des Express auf den Tisch wie einen Fehdehandschuh. Der Stoff ihres Mantels, in dessen rechter Tasche sich eine Haarbürste oder etwas von ähnlicher Form und Größe befand, folgte ihrer Bewegung und dramatisierte diese eindrucksvoll. »Das da«, ereiferte sie sich und deutete auf die Zeitung, »finde ich gar nicht komisch!«

»Woher haben Sie meine Adresse?«, begehrte Glöckner zu wissen. Er sah sie eindringlich an und war sicher, dass sie ihn ebenfalls abweisen würde, wenn er sie um Beischlaf bäte.

Früher, als er in seiner virilen Drahtigkeit noch in Nippes und Ehrenfeld umherstreifte, hätte er möglicherweise eine Chance bei ihr gehabt. Auch damals war er nicht gerade der

Typ gewesen, der in Frauen brennende Leidenschaft entfachte, aber er war auch nicht der weinerliche Langweiler, als den er sich immer öfter betrachtete.

Melanie ignorierte seine Frage. »Ich werde nicht gehen«, drohte sie, »bevor Sie mir das da erklärt haben!« Wieder wedelte sie mit der Hand in Richtung Zeitung.

Mit spitzen Fingern nahm sich Glöckner das Blatt. Er brauchte keine zehn Sekunden, um den zweispaltigen Artikel zu finden. Der Artikel fasste den Stand der Ermittlungen im Mordfall Meinhardt zusammen – traurig und beschämend für Glöckner und die Kölner Polizei, aber leider wahr – und erging sich dann in Behauptungen. Eine davon war, dass er, Hauptkommissar Ludwig Glöckner, die ehemalige WDR-Volontärin Melanie Kamps verdächtigte, den Auftrag zu Meinhardts Hinrichtung erteilt zu haben.

»Regen Sie sich darüber doch nicht auf«, versuchte er zu beschwichtigen. Wenn er selbst über den Bericht erbost war, dann allenfalls wegen des Wortes Hinrichtung. Dieses Wort war nichts anderes als Effekthascherei. Aber andererseits: *War* ein aufgeschlitzter, ausgeweideter und mit Beton gefüllter Mann nicht hingerichtet worden?

»Was haben Sie denen erzählt?« Eine Haarsträhne fiel ihr ins Gesicht und teilte es in zwei gleich große Hälften.

»Nichts. Ich schwöre.«

Melanie legte den Kopf etwas schräg, wohl nicht sicher, ob sie ihm Glauben schenken sollte. »Wo ist Ihre Toilette?«

»Raus auf den Flur, dann die zweite Tür links.«

Sie legte Handy und Autoschlüssel, die sie die ganze Zeit so fest umklammert hatte, dass ihre Knöchel weiß geworden waren, auf den Tisch und verschwand. Nur drei Sekunden später klingelte ihr Handy. Glöckner konnte nicht widerstehen, auf das Display zu schielen. »Alex ruft an« stand da.

Aus irgendeinem Grund war sie nach ihrer Rückkehr deutlich milder gestimmt. »Haben Sie vielleicht etwas zu trinken?« Und nur kurz darauf, als sie ein Glas mit einer lauwarmen Wodkapfütze in der Hand hielt, schien ihre Aggressivität vollends verflogen. »Es gab da mal einen Vorfall, der, sagen wir, Grund zu ernsthafter Beanstandung an meinem Verhalten bot. Aber das können die Leute beim Express unmöglich wissen.«

»Ja?«

»Wäre der Vorfall bekannt, müsste ich diesen Artikel, sagen wir, mit einem gewissen Maß an Nachsicht aufnehmen.«

Glöckner sperrte Augen und Ohren auf, gierig, mehr zu erfahren. »Also?«

»Ich habe mal ein paar Typen aus Wesseling dafür bezahlt, dass sie einem Typen aus Sülz die Fresse polieren. Ich schwöre, der hatte es verdient. Ist wirklich lange her.«

Erneut klingelte ihr Handy. Sie sah aufs Display und ging ran. »Hör zu, Piontek, ich habe gesagt, dass ich in einer Stunde zu Hause bin. So lange wirst du ja wohl ausnahmsweise allein klarkommen, oder?«

*

Allein gelassen mit dem merkwürdigen Geständnis von Melanie Kamps fragte er sich, was sie damit bezwecken wollte. Glaubte sie, wenn sie sich selbst belastete, einen möglichen Verdacht gegen sich entkräften zu können? Angriff als Variante der Verteidigung. Oder war der Vorfall, von dem sie gesprochen hatte, vielleicht doch kein so großes Geheimnis, und sie hatte damit rechnen müssen, dass er im Zuge der Ermittlungen ohnehin davon erführe?

Er nahm ein Bad und tat, tief eingegraben in wattigen Badeschaum, das, was ihm im Moment am aussichtsreichsten erschien: Er las ein paar weitere Seiten aus »Heldenfluchten«. Im Verlauf der Geschichte verwandelte David, der nach dem Verlust seines Zaubertranks kaum noch ein Wort sprach, das Grün seines Gartens in kaltes, das Auge schmerzendes Grau. Eine Zeit lang schien ihn diese Veränderung zu besänftigen, doch dann rief er bei einem Betonlieferanten an, um weitere einhundert Kubikmeter Beton zu bestellen.

Glöckner las sehr langsam, mit der Akribie eines Korrektors; keine Information, mochte sie anfangs noch so unbedeutend scheinen, durfte verloren gehen, ehe sie nicht auf einen möglichen Bezug zum Mord an Meinhardt durchleuchtet worden war. Diese Art des Lesens ermüdete ihn schnell, viel schneller, als es die andere, grobmaschigere getan hatte. Er ließ das Manuskript aus seinen Händen gleiten und tauchte den Kopf unter Wasser, bis er an nichts mehr außer die bockenden Schläge seines Herzens dachte.

Wenig später beim Rasieren entdeckte er auf dem Waschbeckenrand die fremde Haarbürste. Das schlanke, perlmuttfunkelnde Ding, das Melanie Kamps offenbar vergessen hatte, war voller aschblonder Haare. Mochte ein positives Ergebnis noch so unwahrscheinlich sein, diese Haare schrien geradezu danach, genanalytisch mit den Hautpartikeln verglichen zu werden, die unter Meinhardts Fingernägeln gefunden worden waren.

*

»The ifficial art project« las er auf dem Schild hinter der Hecke, die die Künstlerkolonie provisorisch von dem Spazierpfad und den Bahngleisen abgrenzte. »The cunst 8«. Zum vierten Mal war er inzwischen hier, diesmal in Begleitung des Praktikanten Marius Nienstedt, der schüchtern und dennoch ausdrücklich darum gebeten hatte, einmal bei einem »Außeneinsatz« dabei sein zu dürfen.

Der heutige Versuch würde der letzte sein, hatte sich Glöckner geschworen. Sollten sie Neo Reiter, den Mieter der Anlage, auch diesmal nicht antreffen, würde er auf anderem Weg ausfindig gemacht werden, notfalls per Fahndung. Glöckner öffnete die kleine Eisentür rechts von ihnen, und sie gingen auf das flache Gebäude zu. Aus dessen Backsteinfront ragte ein überdimensionales Fischskelett aus rostigem Metall, und auf dem Dach erweckte das Heckteil eines Kleinflugzeuges den Eindruck, als sei der Flieger senkrecht in das Haus gestürzt. Glöckner betätigte die Klingel, und diesmal waren aus dem Inneren tatsächlich Schritte zu vernehmen. Kurz darauf öffnete ein Mann um die vierzig, dessen linke Gesichtshälfte auffallend gerötet und vernarbt war.

»Neo Reiter?«

Der Mann zögerte, nickte.

»Ludwig Glöckner. Wir sind von der Kripo und haben« – an dieser Stelle hielt er ein Foto in Reiters Blickfeld – »ein paar Fragen zu diesem Gegenstand.«

Anstatt auf das Foto starrte Reiter zunächst auf Nienstedts rechte Hand. Tatsächlich schien er wieder und wieder ihre Finger zu zählen.

»Es sind sechs«, sagte Nienstedt tonlos.

»Kennen Sie diesen Gegenstand?«, fragte Glöckner. Ein leichter, sämiger Regen setzte ein.

»Nein, glaube nicht.«

»Mein Kollege hier behauptet aber, auf dem Rasen vor Ihrem Haus eine Skulptur gesehen zu haben, in der solche Klammern verarbeitet waren.«

Reiter legte skeptisch den Kopf auf die Seite. »Wann soll das gewesen sein?«

»Vor drei, vier Wochen vielleicht«, schaltete sich Nienstedt jetzt ein. »Mir wären diese Dinger gar nicht aufgefallen, wenn nicht jemand seinen Mantel daran aufgehängt hätte. Ich fand das ein wenig respektlos.«

»Eine Skulptur, ja? Die aus solchen Dingern bestand?« Deutlich amüsiert tippte Reiter auf das Foto, das ihm Glöckner noch immer unter die Nase hielt.

»Nun ja, nicht ausschließlich« – Nienstedt unterstützte seine Worte jetzt pantomimisch – »sie waren nur darin verarbeitet. Im Ganzen hat die Skulptur an eine überdimensionale Heuschrecke erinnert.«

»An eine Heuschrecke?« Ganz offenbar hatte Reiter nicht die leiseste Ahnung, wovon Nienstedt sprach.

»Ja, mit einem Helm.«

»Eine Heuschrecke mit einem Helm?«

»Genau, einem Cyber-Helm.«

»Vor drei, vier Wochen, sagen Sie? Da war ich in Mailand. Habe meine Ausstellung aufgebaut. Ich bin erst seit einer knappen Woche zurück.«

»Haben Sie Hans-Peter Meinhardt gekannt?«, fragte Glöckner unvermittelt.

»Ah, es geht also um den Meinhardt-Mord.«

»Haben Sie ihn gekannt?«

»Persönlich? Nein.«

»Sind Sie sicher?«

»In Ordnung, machen wir's kurz.« Plötzlich war Reiters Tonfall aggressiv und schneidend. »Einmal im Jahr findet hier auf dem Rasen eine offene, sozusagen ökumenische Ausstellung statt. Wer will, kann hier eine Woche seine Arbeiten zeigen, gleich welcher Richtung, gleich welcher Qualität. Die Organisation der Ausstellung obliegt in aller Regel meiner Frau beziehungsweise Ex-Frau. Sie ist die Wohltäterin und Protektorin in der Familie. Und in diesem Jahr habe ich mich nicht nur vor der Organisation gedrückt, sondern ich musste nicht einmal den Anblick der Arbeiten ertragen. Das dazu. Und nun zu Ihrer noch zu stellenden Frage, wo und wie Sie meine Ex-Frau erreichen können: Das dürfte schwierig werden, denn momentan befindet sie sich irgendwo in den Weiten Australiens und tut das, was sie ›Das Große Impressionen-Fangen‹ nennt. Wann sie zurück sein wird? Tja, spätestens Weihnachten. Aus irgendwelchen Gründen liebt sie Weihnachten, und sie würde mich eher ein zweites Mal heiraten, als das Heilige Fest ohne ihre Familie in Deutschland zu verbringen.«

Glöckner spürte einen leichten Stich in der Seite, da, wo er seine Leber vermutete. »In Galerien liegen oft Preislisten aus. Glauben Sie, Ihre Frau hat –«

»Warten Sie, ich sehe kurz nach«, sagte Reiter und klang wieder eine Spur freundlicher. So weit, die beiden Männer, die ungeschützt im Regen standen, hereinzubitten, ging seine Freundlichkeit jedoch nicht.

Glöckner rollte die Schultern ein, zog seine Jacke am Hals zusammen und lächelte Nienstedt unsicher an.

»Sie haben Glück!«, sagte Reiter bei seiner Rückkehr. Er hielt Glöckner ein A4-Blatt unter die Nase, auf dem sich säuberlich aufgelistet jede Menge Namen, Titel, Materialien, Maße und Preise fanden. Regentropfen platschten auf das Blatt und ließen die ersten Buchstaben verschwimmen.

»Darf ich mir das kopieren?«, fragte Glöckner.

»Es gibt hier keinen Kopierer und auch kein Fax.«

»Dann möchte ich es mir ausleihen.«

»Äh, ich weiß nicht, es sind die Unterlagen meiner Ex-Frau, und ...«

»Darf ich mal?« Ohne auf eine Antwort zu warten, zupfte Nienstedt das Blatt aus Glöckners Fingern. Nur fünf Sekunden später begannen seine Augen zu leuchten. »Na bitte, da haben wir's doch schon: ›Biblische Plagen VIII‹. Der Künstler heißt Mika.«

Glöckner sah erst seinen Praktikanten fragend an, dann Reiter, dann wieder seinen Praktikanten.

»Heuschrecken sind eine von zehn biblischen Plagen«, teilte Nienstedt mit. »Jedenfalls im Alten Testament, 2. Buch Mose.«

»Kennen Sie diesen Mika?«, fragte Glöckner an Reiter gewandt.

»Nie gehört, den Namen, tut mir Leid.«

»Und einen von den anderen?«

Reiter nahm sich die Liste und überflog sie mit sichtbarem Desinteresse.

»Nein«, sagte er schließlich. »Glauben Sie's oder nicht, aber mir sagt keiner der Namen etwas.«

»Nicht ein einziger?«

»Tut mir Leid.«

»Nun, dann danken wir Ihnen.«

Auf dem Weg in den nahen Stadtgarten, in dem sie sich zu trocknen und aufzuwärmen gedachten, warf Glöckner einen komplizenhaften Seitenblick auf Nienstedt.

»Und was sagen Sie?«

»Na ja, wir suchen ab jetzt einen Künstler namens Mika.«

»Wie viel, glauben Sie, hat diese Skulptur gewogen?«

»Schwer zu sagen. Zweihundertfünfzig, dreihundert Kilo vielleicht.«

»Nicht leicht zu transportieren, oder?«

»Wie eine betongefüllte Leiche.«

»Sie sagen es.« Glöckner mochte Nienstedt mit jeder Minute mehr. »Und Mika, dieser Name – was denken Sie?«

»Nordisch. Finnisch. Ich könnte herausfinden, wie viele Mikas in Köln gemeldet sind.«

»Unbedingt. Tun Sie das. Und lassen Sie uns beten, dass es kein Künstlername ist.«

Im Stadtgarten, vor sich einen Teller mit Wildgeschnetzeltem und ein Kölsch, das von einem Werbeplakat hätte stammen können, spürte Glöckner einen weiteren, diesmal rätselhaften Zuneigungsschub, denn Nienstedt hatte seit ihrer Ankunft nichts anderes getan, als zur Toilette zu gehen, zurückzukehren, ungeschickt den Schaum von seinem Macchiato zu schlürfen und von seiner Familie in Lübeck zu erzählen. Glöckner hatte das Gefühl, dass sich seine empfindliche Psyche in Nienstedts Gegenwart regenerierte. Wie das möglich war, wusste er nicht, es sei denn, es war durch die schlichte Tatsache zu erklären, dass dieser junge Mann im Gegensatz zu den meisten anderen Menschen keine Probleme schuf, sondern half, sie aus dem Weg zu räumen.

Seit Tagen gelang es Glöckner zum ersten Mal, sich ein wenig zu entspannen. Bald fühlte er sich sogar entspannt genug für ein paar delikate Fragen, die zu stellen er noch vor wenigen Augenblicken nicht gewagt hätte. Fragen wie diese beispielsweise: War eine Hand mit sechs Fingern beim Erlernen des Klavierspiels von Vor- oder von Nachteil?

Die Hautpartikel, die man unter Meinhardts Fingernägeln gefunden hatte, waren körperfremd. Das stand nun fest. Und sie stammten von einem Mann. Auch das stand fest. Glöckner notierte sich in Gedanken, im Labor anzurufen und den Auftrag für die Analyse von Melanie Kamps' Haaren zu stornieren, doch noch in derselben Sekunde hatte er es wieder vergessen.

Ein Mann. Der mit einer vergleichenden Speichelprobe überführt werden konnte. Aber dazu musste man ihn eben erst einmal finden, wenn er nicht zufällig im Register des Bundeskriminalamtes war. Das allerdings wäre nach Glöckners Auffassung mehr Glück gewesen, als ein Mensch wie er je haben würde.

Der Stand der Dinge – und damit hatte der Express leider Recht – war in hohem Maße unbefriedigend. Auch wenn die Geschichte von »Heldenfluchten« in gewisser Weise ein Anhaltspunkt war, ein belletristischer Wegweiser – was hielt Glöckner schon in Händen? Ein paar Halbverdächtige, zu denen er theoretisch sogar seine eigene Frau zählen musste, und einen unbekannten Künstler, der Mika hieß oder unter dem Namen Mika agierte.

Deprimierend? Nun, das hing nicht zuletzt davon ab, was sich ergab, wenn man diesen Mika ausfindig gemacht hatte.

Das Telefon schrillte. Glöckner ließ es siebenmal klingeln, ehe er abnahm. Terjung teilte mit, dass in der Tiefgarage der WDR-Arkaden ein beschädigter, kaum noch funktionstüchtiger Rollstuhl gefunden worden war.

»Tja, ich habe mich auch erst gefragt, was ich mit dieser Information anfangen soll«, sagte er, »bis mir klar geworden ist, dass die Schäden an dem Rollstuhl eventuell durch Überbelastung entstanden sind.«

Glöckner, arbeitsmüde und juditherschöpft, war zunächst nicht sicher, ob er richtig verstand. »Was willst du mir sagen? Dass der Fahrer des Rollstuhls zu fett für sein Gefährt war?«

»Durchaus möglich.« Terjung ließ sich Zeit. »Vielleicht war er aber auch schlank.«

»Schlank?«

»Schlank und trotzdem sehr, sehr schwer.«

»Bin in sieben Minuten da.«

*

Vor circa einem Jahr waren sich Hans-Peter Meinhardt und Alexander Piontek erstmals begegnet, im Hotel Rheingold auf der Engelbertstraße. Meinhardt hockte an der Bar in Erwartung der Ankunft einer Mittdreißigerin namens America Holthausen, hockte da in Erwartung einer weiteren »zirkusreifen und durchaus amoralischen Nummer«. Mit diesen Worten hatte er ihr letztes Beisammensein in seinem geistigen Tagebuch notiert. Er war zu früh dran, denn die Produktion der aktuellen »Reisefieber«-Ausgabe war erstaunlich flüssig und leicht über die Bühne gegangen. Natürlich hätte er mit der gewonnenen Zeit etwas anderes anfangen können, aber er genoss es, hier zu sitzen, genoss den präkoitalen Kitzel.

Piontek trat ein und machte den Eindruck eines unbefestigten Bootes, das viele Stunden durch die Stadt geschaukelt war und jetzt endlich vor Anker wollte. Dass Pionteks Wahl auf das Rheingold gefallen war, schien Zufall zu sein. Dieser Mann hätte sich vermutlich überall niedergelassen, wo in einigermaßen sauberem und abgedunkeltem Ambiente Alkoholika ausgeschenkt wurden.

Meinhardt war in ungewöhnlich milder Stimmung. Sonst allergisch, wenn er von seinen Mitmenschen nicht wahrgenommen wurde, empfand er das Desinteresse des einzigen weiteren Gastes als angenehm. Er hatte ihn sich angesehen, war zu dem Schluss gelangt, dass die Aufmerksamkeit dieses so offensichtlich belanglosen Menschen sein Ego eher beleidigen würde, und hatte seine Gedanken dann wieder vorfreudig auf den agilen, senffarbenen Körper von America Holthausen gelenkt.

Mit einiger Feindseligkeit ließ Piontek seinen Blick einmal durch die Bar gehen, die rotbraun gestreiften Wände mit den lilienförmigen Wandleuchten entlang, wobei er menschliches Leben komplett auszublenden schien. Dann orderte er ein Pils und musste hören, dass ein gut gezapftes Pils sieben Minuten auf sich warten lassen würde.

Meinhardt konnte nur mit Mühe widerstehen, sich einzuschalten und zu erklären, dass es sich bei dieser Sieben-Minuten-Pils-Geschichte um eine Mär handelte, ähnlich der, dass man potenziert Gift einsog, wenn man sich die Zigarette mittels einer Kerze anzündete.

Die Stille in der kleinen Bar war beinahe schmerzhaft, und vermutlich wäre es auch so beängstigend still geblieben, hätte sich der Barkeeper nicht irgendwann zur Truppenbetreuung genötigt gefühlt.

»Keinen guten Tag gehabt, was?«, fragte er den düster vor sich hin dämmernden Piontek.

»Hatte schon bessere«, gestand dieser, in seiner Stimme jetzt doch ein gewisses Maß an Redebereitschaft.

»Die Weiber oder die Arbeit?«

»Die Arbeit. Ich hab gerade einen Roman fertig. Da fällt man anschließend in ein ziemliches Loch.«

»Verstehe.«

»Sie schreiben?« Meinhardts Desinteresse an dem anderen Gast wandelte sich binnen Sekundenbruchteilen in glühende Aufmerksamkeit. Ungefragt schwang er sich auf den Hocker direkt neben Piontek. »Ich *auch*. Ich sitze gerade an den letzten Korrekturen eines Romans.«

»Tatsächlich?« Wenn sich Piontek der Prominenz dieses Mannes bewusst war, dann ließ er es sich nicht anmerken. »Und, haben Sie schon einen Verleger?«

»Sieht ganz so aus. Ich bin mit einem Lektor bei Kiepenheuer befreundet«, sagte Meinhardt und betrachtete das Profil seines Schreib-Kameraden, das plötzlich vor Teilnahme und Wachsamkeit flackerte.

*

»Wir haben«, sagte Marius Nienstedt, »genau einundzwanzig Mikas im Großraum Köln. Hier sind die vollständigen Namen und die Adressen.« Bedeutungsvoll schob er einen Computerausdruck auf den Tisch.

»Da sich Bormann krankgemeldet hat und Terjung über dem unaufschiebbaren Zwischenbericht für den Polizei-Präsidenten sitzt, wären das für jeden von uns sieben«, sagte Glöckner, plötzlich nicht mehr sicher, ob diese Art, an das Mika-Problem heranzugehen, die richtige war. Wie erfolgversprechend war es, einen Mika nach dem anderen abzuklappern und nach seinen künstlerischen Ambitionen zu fragen?

Obwohl er das nie zugegeben hätte, sprach ihm Singer an letzterem Punkt aus der Seele: »Glaubst du wirklich, das macht viel Sinn?«

»Hast du einen besseren Vorschlag?«, fragte Glöckner. Er betrachtete Singer jetzt mit den Augen von Marius Nienstedt, ein Akt väterlicher Solidarität. Aus Nienstedts Sicht musste Singer ein Spielverderber sein, der im Begriff war, ihm die einmalige Chance auf ein wenig eigenständige Ermittlungsarbeit zu vermasseln. Mit Nienstedt zu sympathisieren und sich mit ihm gegen Singer zu verbünden war jedoch das eine, das andere war der offensichtliche Mangel an Alternativen, was ihr weiteres Vorgehen betraf. »Mir ist klar, dass wir damit das Präzisionsgewehr im Schrank verstauen und die Schrotflinte rausholen, aber –«

»Ich könnte mich noch einmal in der Kunstszene umhören«, schlug Singer ungewohnt engagiert vor.

»Oh, ich dachte, das hast du bereits getan.«

»Vielleicht noch nicht erschöpfend genug.«

»Was spricht dagegen, beide Gleise gleichzeitig zu befahren?« Glöckner faltete die Hände ineinander und machte den Versuch, sich in eine meditative Trance zu versetzen. »Ich habe – jetzt, wo ich darüber nachdenke – kaum einen Zweifel, dass wir mit einer doppelten Absicherung einen gesunden und zweckdienlichen Weg einschlagen.«

»Ja, du scheinst mir ein großer Anhänger der doppelten Absicherung zu sein«, entgegnete Singer, »denn du sicherst ja selbst das Wort ›Weg‹ mit zwei Adjektiven ab.«

Glöckner, anstatt diese Frechheit mit einer deutlichen Ermahnung zu kontern, lächelte gnädig. »Also, da du dich weiterhin in der Künstlerszene bemühst, werden wir die Anzahl deiner Mikas reduzieren. Sagen wir auf fünf?«

Singer schien kurz verwirrt, dann nickte er.

*

Keine halbe Stunde später betätigte Marius Nienstedt die Klingel an der Wohnungstür von Mika Schuffer in der Lindenstraße. Schuffer, noch keine dreißig und schon zerfurcht wie ein ausgetrocknetes Flussbett, war ein so offensichtlicher Prolet und Ignorant, dass sich Nienstedt die Frage nach künstlerischer Betätigung hätte schenken können.

»Was soll ich machen? Skulpturen? Ich bin froh, wenn ich es schaffe, zwei Kisten Bier übereinander zu stapeln.« Schuffer prustete los, und Nienstedt verabschiedete sich höflich.

Mika Salminen war der einzige Finne in seiner Mika-Riege. Allerdings lebte Salminen schon über zwanzig Jahre in Deutschland; die Liebe hatte ihn einst hierher geführt. Als er die Tür seines Appartements öffnete, schien auf seinem Körper die dumpfe Schwere nachmittäglicher Verdauung zu lasten. Nienstedt sagte, er sei von der Kripo, wobei er das Wort »Kripo« genussvoll betonte, und hätte ein paar Fragen, das künstlerische Schaffen Salminens betreffend. Der Finne lächelte und schnippte wortlos die Tür zu.

Mika Printz war ein ähnlicher Reinfall wie Schuffer. Mika Dückers und Mika Fahrenbach, seltsamerweise beide wohnhaft in der winzigen Limburger Straße, waren nicht zu Hause. Blieben noch Mika May, der am Hansaring wohnte, und Mika Fischer auf der Neusser Straße. Wie Dückers und Fahrenbach war May ebenfalls nicht anzutreffen, doch wenigstens drangen aus der Wohnung von Mika Fischer Geräusche in den Hausflur. Nienstedt drückte auf den Klingelknopf. Tippelnde Schritte waren zu hören. Kurz darauf öffnete ein Mädchen, dessen Alter Nienstedt nicht schätzen konnte.

»Hallo«, sagte er und deutete vage in die Wohnung hinter der Kleinen. »Kann ich kurz mit deinem Vater sprechen?«

»Papa, da ist jemand für dich!«, rief das Mädchen unvermittelt nach hinten. Es blieb stehen, wo es stand, bewegte sich keinen Millimeter.

Die folgenden Sekunden fühlten sich für Nienstedt wie eine Ewigkeit an. Die Kleine blickte erwartungsvoll zu ihm nach oben, und er wusste nicht, wie er sich verhalten sollte. Das leise Rauschen in seinen Ohren schwoll zu mächtigen Brandungsgeräuschen an. »Wie« – er schluckte mehrfach – »wie alt bist du denn?«

»Sieben!«

»Sieben also, hm …« Noch einmal verstrichen qualvolle Sekunden, doch dann kam ihr Vater endlich. »Mika Fischer?«

»Ja.« Dieses Ja klang so eingedickt und schwer, dass es ebenso ein Räuspern hätte sein können.

»Mein Name ist Nienstedt. Ich komme von der Kripo.«

Ein Ausdruck äußerster Skepsis legte sich auf Fischers Gesicht.

»Sie haben vermutlich jemanden erwartet, der älter ist –«

»Ich habe überhaupt niemanden erwartet«, entgegnete Fischer.

Von den bisherigen Mikas war Fischer derjenige, der am ehesten dem Typus des Künstlers entsprach, umgeben von einer frostigen Aura, existenzialistisch und getrieben; in seinen Augen funkelte schöpferische Ruhelosigkeit.

»Und, was wollen Sie?«

»Mit Ihnen über Kunst reden.«

»Weil ich mal Kunstgeschichte studiert habe, oder warum?«

Treffer. Nienstedt spürte, dass er hier richtig war – und sofort kroch Angst seinen Rücken hinauf. »Weil ich mich für Ihre aktuellen Arbeiten interessiere.«

»Welche aktuellen Arbeiten?« Fischer sah Nienstedt ungläubig und ein wenig überdrüssig an. »Welche Arbeiten *über*haupt?«

Nienstedt wandte sich kurz ab; das Treppenhaus schien in einer pulsierenden Welle auf ihn zuzurasen und wieder zurückzuweichen. Eine Frau huschte jetzt in Fischers Rücken vorbei. Bis auf ein um die Hüften geschlungenes Handtuch war sie nackt.

»Wer ist das?«, fragte sie mit kurzer Verzögerung. Sie war längst aus Nienstedts Blickfeld verschwunden.

»Irgendein Polizeischüler.«

»Und was will er?«

»Das wüsste er, glaube ich, selbst gern.«

*

Wenn Ludwig Glöckner seine Mika-Besuche auch mit einem höheren Maß an Professionalität erledigt hatte, so waren sie doch ebenso erfolglos wie die seines Praktikanten. Auch Singer wusste nichts Erfreuliches zu berichten, außer dass er drei seiner Mikas nicht angetroffen hatte, was für den späteren Tag immerhin noch hoffen ließ. Nachdem Glöckner siebenmal das Präsidium durchschritten hatte, mit malmenden Backenzähnen, ab und zu leise vor sich hin fluchend, beschloss er, nach Hause zu gehen und weiter in »Heldenfluchten« zu lesen. Das längst fällige Gespräch mit Thomas Bugwenz hatte er aufschieben müssen, da der Lektor auf einer Messe weilte und erst am späten Nachmittag im Verlag zurückerwartet wurde.

Etwas geschah mit David, etwas, das nur noch in den Händen von Dämonen zu liegen schien. Etwas, das Davids Diener solche Angst machte, dass dieser eines Nachts seine Sachen packte und auf leisen Sohlen für immer das Anwesen verließ. David verschmerzte den Verlust, und niemand konnte sagen, ob er ihn überhaupt bemerkt hatte. Zwar erteilte er seinem Diener weiterhin Order, doch schien er nicht im Geringsten verwundert darüber, dass seine Befehle nicht mehr gehört, geschweige denn ausgeführt wurden.

David wurde den Menschen gegenüber immer gleichgültiger. Es gab nur eine Ausnahme, Bintz, den hiesigen Beton-Lieferanten. Auch Bintz legte großen Wert auf den Kontakt zu David, war dieser mit seinen sich häufenden Bestellungen großer Mengen Frischbeton doch ein Kunde, wie man ihn sich besser kaum wünschen konnte. Bintz lieferte und zählte Geld. Wofür sein Beton verwendet wurde, war für ihn ohne Interesse. Doch dann kam der Morgen, an dem er aus dem Fenster seines Badezimmers sah und die sonst so lebendige Grünfläche des gegenüberliegenden Parks sich in einem entseelten Graubraun präsentierte.

In stummem Entsetzen torkelte Bintz hinaus auf den Flur, wo seine Frau vor ihm zurückwich, als hätte sie gerade ein Gespenst gesehen.

Glöckner las, bis die Buchstaben vor seinen Augen unscharf wurden. Eigentlich wollte er die Geschichte zu Ende gelesen haben, bevor er sich mit Bugwenz traf. Doch er war außerstande, sich länger zu konzentrieren, und verschob die Lektüre der letzten knapp vierzig Seiten auf den Abend.

*

Meine Damen & Herren …
Michelet hat bescheiden gesagt, dass die Tiere unsere »niedrigeren Brüder« sind, was heißen will, dass der Mensch der höhere Bruder der Tiere ist. Wir kennen die Ansicht der Tiere zu dieser Frage nicht. Was wir über sie wissen, ist, dass sie gute Bürger der Natur sind, dass sie Rechte und Pflichten haben und dass ihre Intelligenz beachtlich ist. Viel wird über ihre Intelligenz gesprochen, darüber hinaus sind sie höflich. Sie durchziehen die Natur nicht mit Beton und sie stehlen nicht.

»Kennen Sie das?« Er streckte dem Lektor entschlossen eine Kopie des kurzen Textes entgegen.

Die beiden Männer saßen im gut gefüllten Bellini, und Bugwenz wirkte etwas eingeschüchtert. Er überflog das Blatt, das ihm Glöckner unter die Nase hielt.

»Das ist ein Zitat von Erik Satie, das Meinhardt seinem Roman vorangestellt hat«, sagte er schließlich. »Mit Ausnahme des letzten Satzes. Haben *Sie* den angefügt?«

»Genau *so* haben wir den Text bei Meinhardt gefunden.« Glöckners Gedanken rasten, denn Bugwenz' Aussage untermauerte die These, dass der Mörder Meinhardts Roman kannte. »Wer außer Ihnen hat den Roman gelesen?«

»In meinem Umfeld bin ich der Einzige«, sagte Bugwenz zögerlich. »Und ansonsten müssten Sie mit Meinhardts Frau reden!«

»Sie entscheiden also ganz allein«, erkundigte sich Glöckner, »ob aus einem Manuskript ein Buch wird?«

»Nein, nicht ganz. Es gibt entsprechende Konferenzen im Verlag, auf denen man sich die interessanten Projekte ge-

genseitig vorstellt.« Bugwenz schien darüber nachzudenken, wie weit er mit seinen fachlichen Erläuterungen gehen sollte, was wohl der Frage gleichkam, wie viel Zeit in Glöckner zu investieren sich für ihn lohnte. »Hat ein Text das allgemeine Interesse geweckt, entscheidet letztlich der Cheflektor.«

»Und der hat in Meinhardts Fall entschieden, ohne den Text gelesen zu haben?«

»Nun ja, ich habe versichert, dass der Text hohe Qualitäten besitzt, was zweifellos der Fall ist. Und meine Meinung hat ein gewisses Gewicht. Den Rest hat vermutlich Meinhardts Name bewirkt. Selbst Kiepenheuer ist ein Wirtschaftsunternehmen, das Profite erwirtschaften muss. Und ein Prominenter ist immer …«

»… ein Zugpferd«, vollendete Glöckner den Satz und verlagerte sein Gewicht von der rechten auf die linke Gesäßhälfte. Draußen, hinter den regenbespritzten Fenstern, schob sich ein Bus der Linie 132 vorbei. Glöckner zählte die Fahrgäste: sieben. »Dass Sie und Meinhardt beide Rheinkadetten waren, hat bei der Entscheidung keinerlei Rolle gespielt?«

Bugwenz lehnte seinen Oberkörper weit zurück, fixierte sein Gegenüber mit schmalen Augen und pendelte wieder in seine alte Position. »Selbstverständlich nicht. Dieser Text, egal von wem geschrieben, hätte sich überall durchgesetzt.«

»›Sie durchziehen die Natur nicht mit Beton und sie stehlen nicht.‹ Können Sie mit dem Satz etwas anfangen?«

»In Meinhardts Roman durchzieht David die Natur mit Beton. Damit dürfte er sich von den angesprochenen Tieren unterscheiden.«

Glöckner nickte wissend.

»Aber er stiehlt nicht. Nun, ehrlich gesagt gibt mir der Satz ein kleines Rätsel auf.«

»Wie geht die Geschichte aus?«

»Habe ich Ihnen das neulich nicht schon erzählt?« Die Art, wie Bugwenz diese Frage stellte, ließ keinen Zweifel, dass er absolut sicher war, es erzählt zu haben. »Wegen seiner Beton-Orgien wird David vom Mob gelyncht, ausgeweidet und mit Beton gefüllt. Das ist sein Ende und das Ende des Romans.«

Glöckners Miene gefror zu starrem Entsetzen. Unmöglich konnte er eine solche Information überhört haben. »Sie haben es *nicht* erzählt, und ich frage mich, weshalb nicht.«

»Habe ich nicht?« Bugwenz kippte den Grappa, der seit zehn Minuten vor ihm stand, und orderte per Handzeichen einen neuen. »Ich dachte, ich hätte.«

»Sie sagen mir, wieso Sie mir das verschwiegen haben«, drohte Glöckner, »oder ich lasse Sie von einer Streife abholen und aufs Präsidium bringen, bevor sich der Grappa mit Ihrem Blut mischen kann.«

»Seien Sie nicht so unentspannt«, sagte Bugwenz mit beschwichtigender Geste.

Glöckner winkte nach dem Kellner. »Der Herr möchte zahlen!« Und leiser, nur für Bugwenz' Ohren bestimmt, fügte er hinzu: »Genießen Sie das Bellini noch mal, mein Bester, denn es ist durchaus möglich, dass Sie für längere Zeit darauf verzichten müssen.«

»Lassen Sie uns ins Auto steigen und irgendwohin fahren, in Ordnung?« Bugwenz tastete seinen Mantel nach seiner Geldbörse ab. »Zum Stadion beispielsweise. Ich setze mich da manchmal in die leeren Ränge – ein guter Platz zum Nachdenken. Und sicher auch zum Reden.« Er schob eine Kreditkarte auf den Tisch.

»Haben Sie was dagegen«, fragte Glöckner in tiefgekühltem Ton, »eine Speichelprobe abzugeben?«

»Nein. Aber Sie werden enttäuscht sein.«

*

Er versuchte, sich die Ränge gefüllt vorzustellen, gefüllt mit Fans, die Schlachtrufe skandieren.

»Hier absolviert der FC also seine Pflichtspiele«, stellte er fest, um die frostige Atmosphäre zwischen ihnen ein wenig aufzutauen. Sein Blick vollführte einen 360-Grad-Schwenk über die rotbestuhlten Ränge. »Das Stadion ist eine Perle, das muss ich schon sagen.«

»Wie sind Sie auf die Idee gekommen, ausgerechnet hier mit mir zu reden?«, fragte Gabriele Meinhardt.

»Durch den Lektor Ihres Mannes.«

»Bugwenz?«

»So heißt der Mann.«

»Dann geht es also um ›Heldenfluchten‹?«

»Es geht um ›Heldenfluchten‹. Wer außer Ihnen und Bugwenz hat den Roman gelesen?«

»Keine Ahnung.« Gabriele Meinhardt simulierte intensives Nachdenken. »Soweit ich weiß, niemand. Ich kann aber nicht ausschließen, dass mein Mann … wer weiß, wem er den Text sonst noch gegeben hat.« In ihrem Ton schwang jetzt erneut etwas Anklagendes. Schon auf dem Weg hierher hatte sie eine leise Feindseligkeit nicht verbergen können. Sie habe nur sehr wenig Zeit, hatte sie mehrfach betont. Falls die Stadiontore geschlossen seien, würde sie auf keinen Fall, nicht einmal in Begleitung eines Polizisten, über einen Zaun steigen. Und als sie eines der Eingangstore dann offen fanden, hatte sie sich über die Anzahl der Stufen auf dem Weg ins Stadioninnere beklagt.

»Weshalb haben Sie mir nicht erzählt, auf welche Weise David ums Leben kommt?« Diesmal kannte er die Antwort, und er wusste nicht, was schlimmer für ihn war – dass er an diesem Punkt nicht weiterkam oder dass er für dumm verkauft wurde.

»Oh, das habe ich!« Mit einer Geste der Empörung schob sie den Vorwurf von sich, so überzeugend, dass Glöckner ihr beinahe geglaubt hätte. »Das ist so sicher wie der nächste Sieg unseres geliebten Fußballclubs.« Sie erhob sich und stieg ohne jede Erklärung oder Ankündigung über die Sitzreihe vor sich. Dann überwand sie die Reihe davor und schließlich die davor. Keine dreißig Sekunden später stand sie mitten auf dem Rasen, ein gräulicher Tupfer auf dem saftstrotzenden Grün. Sie verharrte einen Moment in der Nähe des Anstoßpunktes, dann scharrte sie mit den Füßen und rannte los.

»Overath bekommt den Ball!«, schrie sie und näherte sich mit wirbelnden Armen und Beinen dem Tor. »Overath dribbelt, tanzt zwei Gegenspieler aus und passt dann zu Littbarski, der sich in der Spitze freigelaufen hat. Littbarski nimmt den Ball mit perfekter Technik aus der Luft herunter« – sie war jetzt an der Strafraumgrenze und ahmte Littbarskis Ballannahme und Schuss mit erstaunlicher Begabung nach – »und zieht sofort ab. Der Ball schlägt unter der Latte ein, ein Geschoss, gegen das nicht einmal der katzenhafte Kleff eine Chance hat.« Sie jubelte ausgelassen und vergaß dabei nicht, ihre imaginären Mitspieler in die Arme zu schließen.

Glöckner beobachtete das seltsame Schauspiel mit einigem Unbehagen. Was er sah, passte so wenig zu Gabriele Meinhardt, dass er nicht ausschloss zu halluzinieren. Er rieb sich die Augen und erwartete, sie augenblicklich wieder neben sich sitzen zu sehen. Aber sie war noch immer dort unten auf dem Rasen und nahm ganz offenbar einen neuen Anlauf.

»Kommen Sie!«, rief sie ihm zu. »Das Zweizunull schießen wir zusammen! Na los!«

»Nein!«, wehrte er ab. »Ich bin ein miserabler Fußballer.«

»Ich verstehe Sie nicht!«, brüllte sie. »Kommen Sie runter!«

Er tat, wie befohlen, wenn auch nur, um seine Absage gut verständlich zu wiederholen. Aber sie ließ keine Diskussion zu. Sie empfing ihn an der Mittellinie, stieß ihn vorwärts, und während er in Richtung Strafraum torkelte, spielte sie ihm den unsichtbaren Ball zu. Er nahm ihn mit der Brust herunter, bewundernswert elegant für einen Mann, der vorgab, ein schlechter Fußballer zu sein, und passte direkt zu ihr zurück. Nach glänzender Annahme mit dem linken Vollspann ließ sie ein geschmeidiges Dribbling an der Außenlinie folgen, drang mit einem Übersteiger bis zur Grundlinie vor und bediente den vorbildlich mitgelaufenen Glöckner mit einer Flanke, deren Timing jeden Stürmer der Welt verzückt hätte. Glöckner stieg zum Kopfball hoch. Er brachte den Körper optimal hinter den Ball. Der Ball überquerte die Torlinie und spannte das Netz bis an die Grenze seiner Belastbarkeit. Schon stürzte sich Gabriele auf ihn. Ihre Umarmung hatte jedoch wenig Kumpelhaftes. Er spürte ihre Zunge. Am Hals. Zwischen seinen Lippen.

»Wie viele Tore müssen wir schießen?«, fragte er mit vernebeltem Hirn.

»Sieben!«

Noch einmal schnellte ihre Zunge zwischen seine Lippen.

Auf dem Weg zu ihr nach Hause schwiegen sie und berührten sich nicht. In der Villa angekommen, begab sich Gabriele direkt ins Schlafzimmer, zog sich ohne jede Verlegenheit aus und warf sich selbstbewusst aufs Bett. Dort wartete sie, halb liegend, halb sitzend, die Beine ein paar einladende Zentimeter weit geöffnet. Eine gierige Wärme ging von ihr aus. Ihre Augen weiteten sich, während sie den rechten Arm nach Glöckner ausstreckte und ihm befahl, zu ihr zu kommen. Unsicher entledigte er sich seiner Kleidung, und seltsamerweise malte er sich in diesem Moment aus, wie er Nachtschwester Gudrun, dieser treuen Imagination, später von alldem Bericht erstatten würde.

Er legte sich auf sie und drückte sie mit aller Kraft an sich. Ihr heißer Atem strich über seinen Hals und über seine Schulter. Ihr Körper bog sich unter ihm durch. Sie presste ihr Becken gegen das seine, und bevor er auch nur in irgendeiner Weise aktiv werden konnte, verleibte sie sich mit einem tiefen Seufzer seinen Schwanz ein. Er spürte die feuchte Umhüllung, spürte sie eindeutig und eindrucksvoll, dennoch kam ihm der Augenblick irreal und hypothetisch vor.

Für unbestimmte Zeit floss jetzt alles ineinander, floss hinein in ein Meer aus Bildern, Berührungen, Gerüchen. Als seine Stöße mächtiger wurden und ihre Frequenz sich erhöhte, klammerte sich Gabriele an ihn. Sie zuckte, sie winselte. Sie kam. Die Orgasmus-Grimasse ließ sie für Sekundenbruchteile wie einen Mann aussehen. Er kam kurz nach ihr, keuchend und stöhnend, weiterhin gefangen zwischen primitivster Geilheit und der Unwirklichkeit des Augenblicks.

In den Momenten danach – noch immer lagen sie aufeinander – verzog sich der Nebel der Irrealität allmählich. Geräusche und Bilder gewannen an Präzision, wie das Schmatzen ihrer aneinander klebenden Haut, wenn sie sich bewegten, oder die klebrig sämige Masse, die den Schlitz zwischen Gabrieles Beinen verließ und auf das Laken pulsierte, nachdem sich Glöckner aus ihr zurückgezogen hatte.

HORST IM RAUSCH DER GESCHWINDIGKEIT

»Das Hotel Rheingold«, hatte Piontek versucht, sich in Erinnerung zu bringen. Eine halbe Stunde hatte er bereits in Meinhardts Vorzimmer gewartet, unter seinem rechten Arm ein sorgsam verschnürtes Paket von der Größe eines Schuhkartons. »Dort sind wir uns vergangene Woche an der Bar begegnet.«

Meinhardt, von der Hitze dieses Augusttages in eine Art narkotischen Schlummer versetzt, hatte seinen Besucher hilflos angestarrt.

»Wir haben über Romane gesprochen«, fügte Piontek vorsichtig hinzu. »Übers Schreiben.«

»Ah richtig, der Schriftsteller. Kommen Sie doch rein.« Meinhardt legte äußersten Wert darauf, dass seine Intonation von großer Neutralität war. »Was kann ich für Sie tun?«

»Nun, ich war gerade in der Nähe«, log Piontek mit so wenig Überzeugungskraft, dass selbst ein Kind ihm nicht geglaubt hätte, »und da habe ich gedacht, ich könnte Ihnen mein Manuskript hereinreichen.«

Zuerst nur vage, dann immer klarer entsann sich Meinhardt jetzt ihres Gesprächs, entsann sich, tatsächlich vom Schreiben gesprochen zu haben, vom Schreiben als Verlockung und vom Schreiben als Fallgrube. Und er entsann sich, von seinen Beziehungen zu Kiepenheuer gesprochen zu haben. Irgendein Angebot gemacht zu haben, dessen entsann er sich nicht. Die Art allerdings, wie Piontek das Paket, das er bei sich führte und das ganz offenbar sein Manuskript in mindestens zweifacher Ausfertigung enthielt, tätschelte, ließ darauf schließen, dass er doch etwas in Aussicht gestellt hatte.

»Sie wollen, dass ich es mit besten Empfehlungen weitergebe, habe ich Recht?«

»Das hatten Sie jedenfalls angeboten«, sagte Piontek,

während einzelne Schweißperlen auf seiner Stirn glitzerten. »Aber wenn –«

»Nein, schon gut.«

Meinhardt ließ sich Pionteks Karte geben, versprach, das Skript in den nächsten Tagen weiterzuleiten, und bat im Namen des Lektors um etwas Geduld. Noch immer wunderte er sich über sein leichtfertiges Angebot, war er doch ein Mann, der alles, was er in der Öffentlichkeit tat und sagte, strengster Kontrolle unterwarf.

»Ich danke Ihnen«, sagte Piontek zum Abschied, in seinem Ton eine gehörige Portion Unterwürfigkeit. »Und es wäre schön, wenn Sie Ihren Mann bei Kiepenheuer um Nachsicht bäten, was Tippfehler angeht. Wenn ich den Text Korrektur gelesen hätte, wäre ich in Versuchung gekommen, ihn zu ändern, und das hätte erfahrungsgemäß dann kein Ende genommen.«

In der Tat war die Zahl der Tippfehler, Doppelungen und Auslassungen erheblich. Doch Pionteks Sprache vermochte diesen Makel – wenn man ihn überhaupt so nennen wollte – vergessen zu machen. Aber nicht nur die Sprache, die sparsam und erhaben war, sondern auch die Geschichte entfaltete von Anfang an große Sogwirkung. Meinhardt war überrascht. Überrascht und beeindruckt. Nicht ohne Neid auf Pionteks erzählerische Fähigkeiten verschlang er die ersten Seiten, und nachdem er zum wiederholten Male bei der Lektüre gestört worden war, verließ er sein Büro, fuhr hinunter an den Rhein, wo er sich unweit der »Alten Liebe« auf einem Mauervorsprung niederließ und das Manuskript auf seinen Knien ausbreitete.

Es dauerte keine zwei Minuten, bis er sich restlos vom öffentlichen Tagesgeschehen gelöst hatte. Es gab kaum etwas, das ihn aus der Ruhe, geschweige denn zurück an seinen Schreibtisch hätte bringen können. Er spürte die Sonne nicht, die seine Gesichtshaut verbrannte. Er registrierte die Radfahrer nicht, die ihn in seinem Rücken passierten. Aber irgendwann drang der Lärm eines Motorbootes, das direkt vor seiner Nase zu kreuzen begonnen hatte, in sein Ohr. Verärgert hob Meinhardt den Kopf, doch angesichts des Bildes, das sich ihm bot, verflog jeglicher Unmut. Das Boot erinnerte in Form und Größe an eine Designerliege, und gesteuert wurde das winzige Ding von einem glatzköpfigen Mann um die sechzig. Im Geschwindigkeitsrausch funkelten seine Augen, während die stattliche Kugel seines Schmerbauchs das Sonnenlicht einfing. Meinhardt sah, wie sich der Mann mit seinem Gefährt jetzt ein letztes Mal in die Kurve legte, dann den Motor ersterben ließ und langsamer werdend auf das Ufer zuglitt. Dort, vielleicht dreißig Meter von Meinhardt entfernt, wartete seine Frau auf ihn. Sie winkte ihm aufgeregt zu. Sie rief: »Das hat dir wieder Spaß gemacht, was, Horst!«

*

Auf dem Heimweg, den Ludwig Glöckner zu Fuß absolvierte, kam ihm die Stadt verändert vor. Dabei war sie weder attraktiver noch abstoßender geworden, aber sie hatte, so schien es ihm, an Tempo und Agilität gewonnen. Ihr Rhythmus hatte sich beschleunigt, ohne dass jedoch für irgendwen oder irgendwas die Gefahr bestand, aus der Bahn geworfen zu werden.

Glöckner lief über die Dürener auf die Universitätsstraße zu, umtänzelte bewegungsmüde Pensionäre, gaffte in kunstblumenbestückte Cafés, grüßte verdutzte Streifenpolizisten. Es war ein ausgesprochen milder Spätnachmittag, und in Kölns Getriebe schien nicht ein einziges Sandkorn zu knirschen. Die einzelnen Bestandteile der Stadt tanzten ein gemeinsames, geschmeidiges Ballett. Keine Zutat war präsenter als die andere, und vielleicht, so überlegte Glöckner, war es genau diese Abwesenheit von Ungleichgewicht, die ihm einen neuen, schnelleren Takt vorgaukelte.

Vielleicht war es aber auch die Erfahrung des nachmittäglichen, außerehelichen Beischlafs. Noch immer konnte er das Blut durch seinen Körper rauschen hören, noch immer zuckten einzelne Muskeln wie Vorboten einer unheilbaren Katatonie.

Zu einer klaren Beurteilung des Geschehenen, einer emotionalen oder moralischen, war er bisher nicht gekommen; zu frisch waren die Ereignisse. Glöckner hatte vorerst genug damit zu tun, sich wieder und wieder ihrer Wirklichkeit zu versichern.

Mit Kurs auf die Lütticher Straße überquerte er jetzt den Aachener Weiher, der mit Joggern, Hunden und händchenhaltenden Pärchen bevölkert war. Endorphin-Schauer sorgten bei Glöckner für ungekannte Hochstimmung, dann wieder drückten ihn Schuldgefühle gegenüber Judith betonschwer zu Boden. Und was war mit Gabriele Meinhardt? Empfand er etwas für sie?

Er erreichte seine Wohnung, betrat den Flur und begab sich, nachdem er seinen Mantel an die Garderobe gehängt hatte, in die Küche.

»Schon Feierabend?« Judith saß in voller Straßenbekleidung am Tisch. Ihre Stimme hatte den Effekt der totgeglaubten Bestie in einem Horrorfilm, die einen plötzlich aus dem Dunkel anspringt.

Glöckner erstarrte; Blut schoss literweise in seinen Kopf.

»Hab ich dich *so* erschreckt? Deinen Gesichtsausdruck sollte man mit Kreide nachzeichnen und weiträumig absperren.«

»Bist du zurück?«, gelang es ihm zu fragen.

*

Er hatte es noch einmal versucht.

»Nimm die Finger von mir!«, hatte Melanie daraufhin befohlen und keinen Zweifel daran gelassen, dass sie bei seinem nächsten Versuch, ihren Rock nach oben zu schieben, schreien und um sich schlagen würde. »Ich hab dir gesagt, dass nichts läuft, solange du dir einbildest, auf Körperpflege verzichten zu können. Dass du deinen Geruch selbst erträgst, ist ein Wunder.«

»Seit wann bist du so etepetete? Seit du auf dem Weg zur Star-Moderatorin bist?«

Sie ignorierte diese kleine Provokation. »Es gibt ein paar Regeln im Zwischenmenschlichen – und die gelten auch für Herrn Piontek.«

»Was für Regeln?«, fragte er und gab sich größte Mühe, brüskiert zu klingen.

»Beispielsweise, dass man seinen Mitmenschen gepflegt gegenübertritt. Das hat etwas mit Respekt zu tun.«

Respekt, dachte Piontek und hatte Mühe, nicht loszulachen. Wer begegnete *ihm* denn mit Respekt? Er schloss die Augen und starrte auf das gelb flackernde Muster seines Lidinneren. »Haben wir noch was zu trinken?«

»Und diese Sauferei –«

»Hat bald ein Ende«, unterbrach er.

Melanie ließ sich in den alten Ledersessel fallen, aus dessen Armlehnen die Polsterung quoll und an riesige Brandblasen erinnerte. Der Sessel hatte Piontek seit seiner Jugend begleitet – auch damals war er schon gezeichnet von den Spuren früherer Benutzer –, und seit einem knappen Jahr war er Bestandteil des gemeinsamen Hausstandes in der Maybachstraße.

»Sieh in der Küche nach. Da müsste noch eine angebrochene Flasche Rotwein sein.«

Versorgt mit einem gut gefüllten Glas, ließ er sich neben ihr auf der Sessellehne nieder. »Und wenn ich mir einen Anwalt nehme?«

»Wie oft denn noch, Alex?«, seufzte Melanie und lehnte sich zur Seite, um den Abstand zu seinen Körper- und Kleidungsgerüchen zu vergrößern. »Das wird nichts bringen.

Die Anwälte von Bugwenz und Meinhardt werden behaupten, dass du ein Freak bist, von Sozialneid zerfressen …«

»Und wie kommt dann ein Text, den Kiepenheuer erst im kommenden Frühjahr veröffentlicht, in meinen Computer?«

»Und wie ist solch ein Text in Meinhardts Computer gekommen? Verstehst du nicht, dass deine Argumente stets auch die Argumente der Gegenseite sind?«

»Die können damit doch nicht durchkommen!« In Pionteks Worten lagen Ekel und Verzweiflung. Er stellte den Wein auf dem Boden ab und ballte die Hände zu Fäusten, während er Meinhardt vor sich sah, in dunkler, stiller Nacht über die Tastatur seines PCs gebeugt, den Roman eines anderen abtippend, hier und da unbedeutende Modifikationen vornehmend.

»Ich fürchte aber doch«, sagte Melanie ruhig. »Zumal Kiepenheuer von dem Schwindel nichts weiß.«

Thomas Bugwenz wusste schon davon, doch Piontek ließ diese Tatsache diesmal unerwähnt. Letztlich – und genau so würde Melanie argumentieren – stand selbst für Bugwenz Aussage gegen Aussage. Da standen zwei Männer im Wettbewerb um die Urheberschaft von etwas, das es nur einmal gab, und er, der Lektor, konnte frei entscheiden, wem er mehr Glauben schenkte. Im Grunde war das Ganze eine Farce. Da wird man leichterhand um die Arbeit von zwei Jahren und vielleicht sogar um eine künstlerische Karriere betrogen, von einem Mann, der bereits alles besitzt, und außer der eigenen Freundin gibt es keinen Menschen auf der Welt, den das interessiert. Und manchmal, so kam es ihm vor, war es selbst Melanie gleichgültig.

»Du könntest unter Eid bezeugen, dass der Roman von mir stammt. Du könntest bei allem, was dir heilig ist, schwören –«

»Sei doch bitte nicht so naiv, Alex!« Ihr Ton hatte plötzlich alle Milde, alles Schonende verloren. »Wir beide sind ein Paar, und außerdem habe ich mit Meinhardt selbst noch die eine oder andere Rechnung offen. Ich wäre wirklich eine Traumzeugin. Beruhig dich. Wenn du die Kiepenheuer-Vorschau nicht gelesen hättest, wüsstest du nicht mal, dass –«

»Dann hätte ich es«, protestierte Piontek und fischte das Schächtelchen aus seiner Hosentasche, »eben ein halbes Jahr später erfahren. Was hätte das an den Tatsachen geändert?«

»O nein! Du hast mir versprochen, dieses Zeug nicht mehr zu nehmen!« Sie sprang auf und postierte sich in kämpferischer Haltung vor ihm.

»Wär es dir lieber, wenn ich es hinter deinem Rücken täte?« Piontek entnahm der Schachtel eine Kapsel, ein gelbweißes unscheinbares Ding, und legte es sich auf die Zungenspitze.

»Diese Scheiße verwandelt dich in ein Monster!«

Er schloss seinen Mund. »Mit dieser Scheiße fühle ich mich besser – also halt die Klappe!« Zerbiss die Umhüllung, schluckte.

*

Judith war zurückgekommen. Ob sie von seinem kleinen Liebesabenteuer wusste, war unklar. Doch vielleicht, sann Glöckner nach, war sein Schäferstündchen mit Gabriele Meinhardt überhaupt erst die Basis, auf der sie wieder nach Hause kommen konnte. Womöglich hatte sie das Ganze sogar selbst initiiert, um eine Art Gleichgewicht zwischen ihnen zu schaffen. Dann hätte Gabriele nicht ihn, sondern das Glück ihrer Freundin im Auge gehabt. Was Frauen nicht alles füreinander taten ...

Der feuchtwarme Kuss, den sie ihm jetzt auf die Lippen presste, sollte keine Antworten geben, dieser Kuss sollte bereinigen, versöhnen, Zukunft ermöglichen. Doch eine Zukunft gab es nur, wenn der Mord an Meinhardt aufgeklärt und auch der letzte einsame Zweifel an der Täterschaft oder Mittäterschaft seiner Frau beseitigt war.

Dessen schien sich auch Judith bewusst zu sein. »Lass uns die Sache endgültig klären«, sagte sie, nachdem sie ihre Lippen von den seinen gelöst hatte. »Wollen wir ein paar Schritte gehen?«

Glöckner, der längst im Präsidium erwartet wurde, nickte, und ohne sich auf ein Ziel geeinigt zu haben, spazierten sie kurz darauf den Hohenzollernring entlang und ließen sich auf einer der Bänke an der Brunnenanlage gegenüber von »Pesch« nieder. Auf dem Wasser schwamm verfaultes Laub, über ihnen hingen regenschwere Wolken. Judith nahm seine Hand. Sie machte auf ihn den Eindruck einer Geläuterten.

»Also hör zu«, begann sie, »weder Gabriele noch ich haben mit dem Mord irgendwas zu tun. Das solltest du uns einfach glauben. Ich muss allerdings zugeben, dass wir mehr als einmal darüber geredet haben, wie wir« – sie zögerte, suchte nach der geeigneten Formulierung – »die Ursache unseres Unbehagens beseitigen können. So konnte es einfach nicht weitergehen. Und um ehrlich zu sein, haben wir auch darüber nachgedacht, ihn zu töten. Aber ich schwöre: Das war nie mehr als ein Gedankenspiel. Man sitzt einfach beieinander, trinkt, träumt dabei von einer Welt ohne diesen Mann, und – schwups – schon ist man dabei, die Messer zu wetzen.«

»Kochst du heute Abend für uns?«

»Zeit-Spaghetti?«

War es wirklich so einfach?

*

Kurze Zeit später, zurück in der Arbeitswelt, in Singers Büro, um genau zu sein, sah er in die enttäuschten und ratlosen

Gesichter von Singer und Nienstedt. Beide waren in Sachen Mika nicht weitergekommen. Singer hatte sich beim Verband bildender Künstler ergebnislos nach Mika erkundigt, und ebenso betrüblich verlaufen waren seine – wie er sie nannte – Untergrund-Recherchen, womit das Sich-Umhören in der hiesigen Kunstszene gemeint war. Nach eigener Aussage hatte er sich »alles zur Brust genommen«, was in Köln und Umgebung Skulpturen formte, gleich welcher Größe oder welchen Materials. Natürlich hegte Glöckner berechtigte Zweifel daran, dass dieses Herangehen ein messbares Resultat hervorbrachte, aber dennoch hätten sie damit auch Glück haben können.

Terjung, der den Zwischenbericht beendet und abgegeben hatte, war wieder zu der Runde gestoßen, und auch der leidlich genesene Bormann war zurückgekehrt.

Glöckner massierte sich die Schläfen. Seine Augen brannten. »Gibt es einen Mika auf unserer Computerliste, den wir nicht angetroffen haben?«

Nienstedt schüttelte den Kopf. »Nicht bei mir.«

»Mika Schachtner«, sagte Singer. »Wohnt in der Vorgebirgsstraße. Ich war dreimal vergeblich dort.«

»Haben wir irgendwas über ihn?« Glöckner nickte in Singers Richtung, was hieß, dass der Computer hinsichtlich einer möglichen kriminellen Vorgeschichte Schachtners durchforstet werden sollte.

Solange Singer dies tat, herrschte bedrückende Stille im Raum. Tatsächlich war das Klacken der Tastatur das einzige Geräusch, bis sich Singer aufrichtete und verkündete: »Achtzehn Monate auf Bewährung wegen schwerer Körperverletzung.«

»Alter? Beruf?«

»Neununddrei–« An dieser Stelle stockte Singer, die Augen glühendstarr auf seinen Monitor gerichtet, und plötzlich schoss er in die Höhe, als hätte ihm jemand ein stromführendes Kabel unter die Kleider gesteckt. »Der Mann ist Betonbauer!«

Auf dem Weg nach Zollstock flogen Passanten, Autos und ganze Straßenzüge an ihnen vorbei wie eine skizzenhafte Kulisse. Sie hatten ihren Mann, ohne Zweifel. Jetzt mussten sie ihn nur noch festsetzen. Sie wurden von zwei Streifenbesatzungen erwartet, wobei eine der Streifen so jung und schülerhaft wirkte, dass Glöckner versucht war, sie wieder wegzuschicken. Es dämmerte. Dennoch brannte in den meisten Wohnungen kein Licht. Glöckner blinzelte fiebrig auf die Klingelschilder, die einen hübschen Querschnitt deutscher und asiatischer Namenskultur boten.

»Zweite Etage rechts«, sagte er. »Und niemand geht irgendein Risiko ein, verstanden!«

Er gab Terjung ein Zeichen, mit ihm voranzugehen, und zwanzig Sekunden später standen die beiden Männer links und rechts von Schachtners Wohnungstür. Glöckner befühlte schweißhändig sein Pistolenhalfter, während Terjung mit erstaunlicher Ruhe den Klingelknopf betätigte. Nichts rührte sich, auch nicht nach dem dritten und dem vierten Klingeln.

»Tja«, sagte Glöckner und ließ die Schultern sacken. »Das wäre wohl auch ein bisschen zu einfach gewesen.« Er spürte den Rückzug des Adrenalins. Er schob sich an Terjung vorbei, um an der gegenüberliegenden Tür zu klingeln. Ein Mann um die siebzig, rosa Augen und wattiges, weißes Haar, öffnete.

»Kripo Köln«, sagte Glöckner. »Können Sie uns sagen, wo sich Herr Schachtner augenblicklich aufhält?

»In der Uni-Klinik. Hatte letzten Monat einen Autounfall. Ist bis zum Hals gelähmt. Schlimme Sache.«

So enttäuschend der vergangene Tag geendet hatte, so vielversprechend begann der folgende. »Vielversprechend« war ein zu mildes Wort, wenn sich Bormann, der den Anruf aus dem Labor entgegengenommen hatte, keinen Scherz erlaubt hatte. Der Vergleich der Hautpartikel unter Meinhardts Fingernägeln mit dem Speichel von Thomas Bugwenz hatte zwar ein negatives Ergebnis gebracht, dafür hatten die »Laborratten« mit den Haaren aus der Haarbürste von Melanie Kamps einen Treffer gelandet.

»Völlig unmöglich«, wandte Glöckner ein, während er versuchte, die Zuckungen oberhalb seiner linken Braue zum Stillstand zu bringen. »Die Hautpartikel unter Meinhardts Nägeln stammen von einem Mann.«

»Wie die Haare auch!« Bormanns Stimme überschlug sich noch immer bei jedem Wort. »In der Bürste befanden sich offenbar nicht *nur* die Haare von Melanie Kamps.«

Glöckner, noch schwer gezeichnet vom gestrigen Reinfall in der Vorgebirgsstraße, mahnte sich zur Vorsicht. Er sah in die Gesichter seiner Mitstreiter, sah ihren erhitzten Willen, die Pleite von gestern vergessen zu machen und die Sache zu einem Ende zu bringen. Es war bereits kurz nach neun, dennoch war es noch nicht richtig hell geworden; der Tag ließ sich entweder Zeit oder hatte entschieden, ganz in seinem Versteck zu bleiben.

Glöckner zögerte. Was ihn an dem Gedanken, dass Melanie Kamps einen Mitbewohner, Lebensgefährten oder Ehemann hatte, irritierte, war weniger die Tatsache an sich als vielmehr sein Versäumnis, sich nicht über ihr Privatleben informiert zu haben. Doch andererseits – sollte es in dem Moment, da der Fall gelöst schien, um Versäumnisse in der Vergangenheit gehen? Um verzeihbare Nachlässigkeiten, denn immerhin hatte der Fall Meinhardt auch *sein* Privatleben aus der Verankerung gerissen.

Da war sie, die Lösung. Und die Erklärungen würden folgen. Und der Versuch des Verstehens würde folgen. Und das Vergessen würde folgen. Heute jedoch zählte allein die Lösung des Falles, und was immer ein gelöster Fall für seine Kollegen war, für ihn war er seit jeher Ablenkung, Beruhigung, Berieselung. Vielleicht sogar Therapie.

»Gehen wir, Männer!«

Ohne Eile fuhren sie in die Maybachstraße, dem eingetragenen Wohnsitz von Melanie Kamps. Terjung drückte auf den Klingelknopf. Melanie Kamps erschien im Bademantel, mit nass glänzenden Haaren. Sie schien nicht erstaunt zu sein.

»Ist er da?«, fragte Glöckner.

*

Auf seiner Geburtstagsparty – er feierte seinen Dreiunddreißigsten – nach seinem Lieblingsbuchtitel gefragt, hatte Alexander Piontek ohne langes Zögern mit »Akne« geantwortet und erläutert, dass »Akne« ein wissenschaftliches Buch sei, verfasst von einem Mann namens William J. Cunliffe. Cunliffe sei, wie der Titel seines Werkes nahe legte, Dermatologe. Und bei einem Mann, der das Problem der Akne zum Mittelpunkt seiner Arbeit machte, dürfe man, so Piontek damals, getrost davon ausgehen, dass er entweder Dermatologe aus Leidenschaft sei oder in seiner Jugend auf traumatisierende Weise unter eitriger Entzündung seiner Talgdrüsen gelitten habe.

Für seine Ausführungen hatte Piontek mehr als nur höflichen Beifall erhalten. Er fühlte sich ausnahmsweise wohl in seiner Haut, denn er hatte nicht nur seine Freunde in erfreulicher Vollständigkeit um sich versammelt, sondern war auch gerade mit seiner langjährigen Partnerin, der anmutigen und umschwärmten Melanie Kamps, zusammengezogen. Dass die Maybachstraße nicht unbedingt zu den schönsten und inspirierendsten Straßen Kölns zählte, war ein Abstrich, den er angesichts zahlreicher Vorteile wie der Nähe des Filmhauses oder des Mediaparks gern machte.

»Du bist in Hochform, was?«, hatte ihn Kaspar Freytag, der einzige Freund, den er aus Gymnasiumzeiten ins Heute gerettet hatte, gelobt. Freytag setzte sich zu ihm. »Was macht die Kunst, mein Guter?«

Piontek, wie Freytag längst nicht mehr nüchtern, legte den Arm um seinen alten Kumpel. »Die Kunst geht auf geschwollenen, blasigen Füßen.«

»Tut mir Leid zu hören!« Freytag reichte Piontek eine dunkle, etikettlose Flasche, von der wohl nur Gott wusste, welches Gift sie enthielt. »Wen schmerzen sie mehr, die Blasen an den Füßen? Den Schriftsteller oder den Skulpturier?«

»Beide gleich, mein Freund. Beide gleich.«

»Du solltest dir ein Pseudonym zulegen«, riet Freytag und klopfte mit der flachen Hand auf Pionteks Brust. »Ein Wort, zwei Silben. Nimm Leute wie Christo oder Zeon. Die wissen, wie's geht. Sogar ich habe mir jetzt ein Pseudonym zugelegt. Und ich bin nur in der Werbung.«

»Du hast …« Piontek stellte die Flasche ab, fuchtelte mit den Armen und rief: »Hört mal kurz zu, Leute! Unser Freund hier hat seinen Namen geändert und brennt darauf, ihn uns zu verraten!«

»Nicht doch«, sagte der androgyne Freytag beschämt. Allerdings schien seine Scham nur gespielt zu sein, denn zwei Sekunden später stand er auf, bat wie ein Magier um absolute Ruhe und hob an: »Also, mein neuer Name ist« – an dieser Stelle schob er noch eine kurze, spannungssteigernde Pause ein; seine Brillengläser, jedes von der Dicke eines Bullauges, funkelten im bunten Geburtstagslicht – »Mitternacht. Kaspar Mitternacht.«

Die Zuhörerschaft reagierte amüsiert.

»Nicht zu außergewöhnlich«, erklärte Mitternacht alias

Freytag mit spürbarem Stolz, »aber doch unorthodox genug, um für ein wenig Aufmerksamkeit zu sorgen.«

»Was meint ihr, Leute?«, mischte sich Piontek wieder ein. »Sollte ein Mann, der eine Agentur gegründet hat, die … wie heißt sie noch mal?«

»Zorn & Zepter«, soufflierte Freytag.

»… die Zorn & Zepter heißt, einen Namen wie Mitternacht tragen? Kommt, ich will eure Meinung hören!«

Und tatsächlich hatte sich jetzt eine kleine Diskussion über die Geschäftstauglichkeit des Namens Mitternacht entsponnen, eine Diskussion, wie sie in ihrer krummen Intellektualität andernorts nur stummes Entsetzen hervorgerufen hätte. Piontek war das gleichgültig. Er hatte einen weiteren Beitrag zur Unterhaltung seiner Gäste geleistet, und nun zog er sich in die plüschige Wärme seiner privaten Gedanken zurück. Er sah zu Melanie hinüber und malte sich aus, wie sie sich an ihn schmiegte und unauffällig seinen Schritt massierte. Fraglos war sie eine Meisterin, was diese Art »verdeckter Tätigkeit« betraf.

Als könnte sie seine Gedanken lesen, war sie jetzt gekommen und hatte sich zu ihm gesetzt. »Na, wie geht's meinem Geburtstagskind?« Sie legte ihre Hand auf die Innenseite seines Oberschenkels, nah an seiner sich aufbauenden Erektion.

»Ganz gut. Aber es hat noch einen unerfüllten Wunsch.«

»Es würde sich gern entladen, nicht wahr?«

Piontek grinste, nickte. »Gehen wir kurz nach nebenan?«

»Da sind Lars und Anita gerade.«

Mit alkoholtrübem Blick suchte Piontek die Reihen ab und fand die Bestätigung: Lars und Anita fehlten. Abgesehen davon, dass ihn die Vorstellung, wie es die beiden miteinander trieben, mehr ekelte als erregte, empörte ihn die Tatsache, dass er in seinen eigenen vier Wänden nicht tun konnte, wonach ihm war. Durfte er, der angehende Großkünstler, nicht erwarten, dass ihm sein Schlafzimmer jederzeit zur Verfügung stand?

»Bist du sicher? Vielleicht sind sie ja schon gegangen.«

Aufs Stichwort war von nebenan ein dumpfes Krachen zu hören, gefolgt vom Klirren zersplitternden Glases.

Piontek schnellte auf die Beine; bunte Punkte hüpften vor seinen Augen auf und ab. Er wankte hinüber zum Schlafzimmer, stieß die Tür auf. Lars und Anita lagen nackt auf dem Boden, direkt hinter ihnen flackerten die Reste der Neonreklame, in die sie offenbar gestürzt waren. Lars sah Piontek aus kindlich-keuschen Augen an und hob entschuldigend die Hand.

»Tut mir Leid, Alter, ich weiß auch nicht, wie das passieren konnte.«

Piontek, der in diesem Moment Hass und Mordlust verspürte, stierte auf das, was ihm von seiner geliebten Neonreklame geblieben war. Vier einzelne flackernde Buchstaben. M I K A.

»Haben Sie mit ihm gesprochen, bevor Sie ihn getötet haben?«, fragte Glöckner. »Haben Sie ihm die Chance gegeben, seine Verfehlung einzugestehen? Vielleicht sogar rückgängig zu machen?«

»Sie wissen so gut wie ich, was das gebracht hätte«, sagte Piontek, riss ein Streichholz an und steckte damit die Zigarette an, die seit zehn Minuten in seinem Mundwinkel hing. »Mit dem Stiefel im Gesicht hätte er *alles* eingestanden, und später hätte er das Gegenteil behauptet und mir die Polizei auf den Hals gehetzt.«

»Sie haben also nicht mit ihm gesprochen?«

»Doch, ich hab ihm etwas mit auf den Weg gegeben. Zwei Worte: ›Schlaf gut!‹«

Während einer Vernehmung wie dieser betrachtete sich Glöckner stets als Unterhändler des Gesetzgebers. Mehr hatte er nie sein wollen. Gleichgültig, was er von den Urteilen der Gerichte hielt, nie hatte er Lust verspürt, selbst Recht zu sprechen. Dieses Mal jedoch hätte er gern ein wenig Einfluss auf das Urteil genommen, und Schuld daran trug eine verschwommene Sympathie, die er für Piontek hegte. Obwohl er es sich verbot, fühlte Glöckner eine Art Komplizenschaft. Für den Zeitraum zwischen zwei Wimpernschlägen war er sogar bereit, die Hälfte der unausweichlichen Haftstrafe abzusitzen. Und wenn man das Strafmaß durch die Anzahl der Menschen teilte, die aus verschiedensten Gründen Meinhardts Tod kaum bedauern dürften, dann wäre Piontek in aller Kürze wieder frei.

»Wie fand Ihre Freundin eigentlich die Tatsache, dass Sie damals ausgerechnet Meinhardt um Hilfe bei der Suche nach einem Verleger gebeten haben?«

Es war weit nach Mitternacht. Die Luft im Raum war stickig und trocken. Piontek saß auf dem einzigen Stuhl, direkt gegenüber der Tür. Sein äußerlicher Verfall wirkte im Neonlicht des Präsidiums wie die Arbeit eines unbegabten Maskenbildners.

»Raten Sie mal«, sagte er. »Sie hat mich einen ›Verräter‹ genannt. Sie fand, dass Meinhardts Diebstahl die gerechte Strafe für meinen Verrat sei.«

Pionteks Ton war frei von Emotionen, weder Hass noch Reue färbten seine Stimme. Er machte auf Glöckner den Eindruck eines ruhigen, besänftigten Menschen. Meinhardts Tod schien seinen Zweck also erfüllt zu haben, und zum ersten Mal im Leben fragte sich Glöckner, ob Morde geschehen *durften*, ob es etwas gab wie die Legitimität des Mordens. Und er ging sogar noch weiter, indem er sich fragte, ob man die von Piontek geschaffene Welt – sprich: eine Welt ohne Meinhardt – nicht einfach als ein Stück moderner Architektur betrachten sollte. Oder als eine Immobilie, deren Wert gesteigert worden war.

»Er war ein Dieb.«

»Das ist kein Grund, einen Menschen zu töten.«

»Er war ein Dieb.«

»Kein Grund.«

Gabriele Meinhardt schob sich vor sein geistiges Auge. Was würde sie tun, wenn man sie mit Piontek, dem Mörder ihres Mannes, eine Stunde allein ließe? Ihn attackieren? Ignorieren? Verführen?

»Kein Grund«, wiederholte er.

Das Geheimnis des Tathergangs war zu diesem Zeitpunkt längst aufgedeckt. Glöckner hatte Piontek zu Beginn der Vernehmung dazu befragt, und dieser hatte, wenn auch einsilbig, so doch willig geantwortet. Da war eine waffenschwere Entführung aus der WDR-Tiefgarage. Da war eine Fahrt nach Longerich, hinaus aufs Gelände der ehemaligen Spedition Magnus. Da waren Schläge und Tritte, bis sich Meinhardt winselnd für seinen Diebstahl entschuldigt hatte. Da waren zwei Säcke Fertigbetonmischung aus dem Baumarkt am Barbarossaplatz sowie ein Zwanzig-Liter-Kanister, gefüllt mit reinstem Kölner Leitungswasser. Da war ein Stuhl, waren Fesseln. Da war ein Fleischmesser der Marke »Zwilling«, weiterhin eine Handsäge der Marke »Gardena«, die nicht zur Verwendung gekommen war. Und da waren drei Eisenklammern, dem Mechanismus entnommen, der die Bühne an der Oper mehr als fünfzig Jahre lang auf und ab bewegt hatte, bevor er gegen einen moderneren ausgetauscht und entsorgt worden war.

So klar der Ablauf war, die Frage, was in einem Menschen vorging, der einen Toten derart malträtierte, war nicht beantwortet. Glöckner konnte in Pionteks Verhalten zunächst nur eine tief sitzende pathologische Ursache vermuten, etwas sehr Hässliches, Amorphes, das hin und wieder an die Oberfläche schoss und nach seinen Opfern schnappte.

Erneut sah er Gabriele Meinhardt vor sich, sah sie am Backofen stehen, in mehlbestäubter Schürze, sah sie an einem sonnenhellen Strand spazieren gehen, erst Hand in Hand mit ihm, dann Hand in Hand mit Judith, sah sie an einem unbestimmten Ort intime, schamlose Dinge tun.

Piontek warf einen prüfenden Blick auf Glöckner, als versuchte er, aus dessen Gesicht das Maß an Nachsicht herauszulesen, das er zu gegebener Zeit von seinen Richtern erwarten durfte.

»Dieser Mann hat mein Leben zerstört«, sagte er.

»Seien Sie bitte nicht so banal«, sagte Glöckner.

»Wissen Sie, was das Entsetzlichste war? Nicht der Diebstahl. Auch nicht, dass er Mel wie eine Hure und ein Stück Dreck behandelt hat. Das Entsetzlichste war, dass er am Ende davon überzeugt war, ›Heldenfluchten‹ selbst geschrieben zu haben. Ja, er glaubte, es sei sein Werk.«

»Ist es sein Werk?«

Piontek schwieg.

Und es schien bedeutungslos. So bedeutungslos wie die einsame Wolke draußen am Nachthimmel.

»Ich hätte gern ein Glas Wasser.«

Er bekam es, und noch bevor Glöckner reagieren konnte,

schob er sich eine kleine gelbweiße Kapsel in den Mund, biss darauf und spülte sie hinunter.

»*Was* war das?«

»Das da?« Piontek deutete in die Höhle seines Mundes. »Nichts. Ein Stimmungsaufheller.«

»Sie wissen«, sagte Glöckner und griff zum Telefon, »dass ich Ihnen den Magen auspumpen lassen muss.«

»Ich schwöre, es ist harmlos. Nur eine Art Glückspille.«

Glöckner hatte keine Wahl. Er rief eine Ambulanz, die Piontek kurz und schmerzvoll von seinem Mageninhalt befreien würde.

»Eine Aspirin«, intervenierte Piontek, »ist gefährlicher als dieses –«

»Geben Sie sich keine Mühe.«

Sie hatten nicht mehr viel Zeit.

»Was haben Sie gefühlt?«, fragte Glöckner.

»Gefühlt? Wobei?«

»Beim Töten. Wollten Sie nicht wissen, was man dabei fühlt?« Er streckte Piontek den Zettel entgegen.

Ich will wissen, was man fühlt, wenn man tötet.

Ludwig Glöckner sah in das Gesicht von Alexander Piontek, in dem jetzt nackte Verständnislosigkeit stand.

Martin Schüller
VERDAMMT LANG TOT
Köln Krimi 25
Broschur, 240 Seiten
ISBN 3-89705-325-X

»Für alle Krimi- und Musikfreunde ist das Buch einfach ein Muss.« clarino.print

»Phantastisch erzählte Story um ein legendäres Jazz-Quartett. Sehr empfehlenswert!« www.deutsche-krimi-autoren.de

»Macht Lust auf mehr. Dieser Roman geht weit über die Ansprüche eines Lokalkrimis hinaus.« ekz-Informationsdienst

www.emons-verlag.de